Un príncipe azul que no destiñe

JENNIFER MBUÑA

Biografía

Jennifer Mbuña nació en Barcelona en 1983. Es una nueva autora que se suma a la autoedición para cumplir un sueño, escribir. Tras dedicarse a su mayor profesión que fue la de ser madre, decidió cumplir con lo que siempre soñó, ver sus historias plasmadas en papel y hacer disfrutar al lector con su desbordante imaginación y sentido del humor. Es autora de Guárdame el secreto trilogía que pertenece a la Saga Secretos con la que comenzó esta andadura, y de Enterrada entre tus piernas.
Es una enamorada de los perros y del buen vino. Le encanta escuchar todo tipo de música y pasar un buen rato en compañía de sus hijos y sus perros.

Dedicatoria

Para mis hijas, no todos los chicos son príncipes azules y no todos los sapos son príncipes

"Todos nuestros sueños pueden convertirse en realidad, si tenemos la valentía de perseguirlos".

Walt Disney

Érase una vez…
Putos cuentos de hadas. Aquí estoy plantada en una gasolinera en el puto culo del mundo. Mi príncipe azul me ha salido
rana, que digo rana, ¡Sapo! Maldito Izan…

Mi Cupido se droga

1

Ya he tirado la toalla: la he cortado a pedacitos, quemado y esparcido al viento. Me importa una reverenda mierda. No pienso ir a una cita más.

El amor…, el amor, eso no se hizo para mí. Eso, o mi Cupido se droga —me estoy planteando la seria idea de poner una reclamación a Asuntos Amorosos para que me cambien de Cupido o no, mejor… que no me envíen a más, porque con este ya he tenido suficiente, menuda puntería de mierda tiene el colega—, me doy por vencida. Mi cupo de citas frikis ha llegado a su límite. No puedo más, si tengo que aguantar un tío más hablándome de gilipolleces, me tiro de cabeza por el Empire State.

He tenido solo tres o cuatro citas; porque acabo de volver al mercado. Que si lo sé, permanezco en mi letargo.

Me gusta mi vida, aburrida y sosa, según mi hermana Jazz. Tengo veintisiete años, soy joven.

Llevo fuera de servicio seis tranquilos años. Desde que me dio un dolor de panza que al principio culpé al empacho de macarons que nos pegamos mi amiga María y yo, el día que terminamos el curso de repostería al que asistíamos, pero no, el empacho ya tiene cinco años y acaba de empezar el colegio.

Me retiré del mercado de citas cuando aquella simpática enfermera me comunicó que iba a ser madre. Que emoción… ¡yupiiii! sobre todo cuando se lo dije a Izan, el padre del empacho. No se lo tomó muy bien que digamos. Me invitó a celebrar nuestra, entonces, próxima paternidad, después de haber discutido durante días: que aquello no podía ser…, que éramos muy jóvenes para ser padres…, que no estábamos preparados para una responsabilidad tan grande…, hasta que un día, sin más, me invitó a celebrarlo a las cataratas del Niágara. Pasamos un día estupendo; reímos, lloramos, follamos…, fantaseamos cómo sería nuestra vida a partir de ahora… Y al asomarnos a la barandilla para ver caer el agua en el infinito, me soltó:

—Creo que la paternidad es esto, ¿no? Dejarse llevar por la corriente y caer en picado al vacío.

—Bueno… vacío, lo que es vacío no, ahí debajo está el río… —me interrumpió.

—No digas nada, vámonos a casa. —Me cogió de la mano y me dio el casco. Nos subimos a la moto.

De camino a casa paramos en una gasolinera a repostar, el viaje era largo y apenas nos quedaba gasolina.

—¿Quieres algo para comer? —preguntó, yo negué agitando la cabeza.

—Como quieras… Vuelvo enseguida. Si quieres…, ve al baño antes de salir —titubeaba inseguro. Supuse que enterarse de que iba a ser padre con veinte años y con tanta carretera que vivir —porque Izan no dejaba de hablar que recorreríamos el país en la vieja Harley Davidson del 53 que había heredado de su abuelo—, en el fondo para él era un gran viaje lleno de experiencias, solo que en este viaje ya no íbamos a ser dos, sino tres. En ese momento me sentí emocionada y más enamorada aún de lo que ya estaba. Había encontrado a mi príncipe azul, iba a tener mi cuento de hadas.

Obedecí y fui al baño. No me gusta hacer mis cosas en sitios públicos, pero necesitaba mear. Fui al baño y cuando salí a los tres minutos, contados… él no estaba. Se había largado. Lo busqué por todas partes. Hasta que el chico de la gasolinera me dijo que se había ido. Mi cara… mi cara estaba desencajada. Tardé en procesar lo que me acababa de decir el chico, tardé unos cuantos segundos. El chico me cogió el hombro, mientras yo miraba al horizonte por donde mi príncipe azul había cogido su corcel y salido a galope, y a toda hostia de mi vida. Miré la mano del chico, le miré y rompí a llorar. Él me abrazó y yo derramé hasta la última lágrima en el pecho de aquel desconocido.

—¿Te llamo un taxi? —preguntó conmovido.

—No, gracias —contesté sacando mi móvil del bolsillo trasero del vaquero que llevaba puesto y limpiándome el agüilla de los mocos que me caía con la manga del jersey. Llamé a Mary y ella al cabo de una hora estaba ahí, recogiéndome de mi posición de humillación echa una braga.

Ese día me juré que no habría más cuentos de hadas ni príncipes azules, solo el que llevaba en mi vientre.

Había permanecido en este letargo hasta hace unos meses que por insistencia y en contra de mi voluntad, que conste, Mary me abrió una cuenta en Tinder. Y maldita sea la hora, no es que haya pasado mucho tiempo, pero los tíos de ahora son, son…, joder, unos niñatos con síndrome de Peter Pan y yo para cuentos los que le leo a Ask por las noches antes de dormir —así se llama mi empacho—, no necesito a ningún tío. No necesito buscarle un padre a mi hijo, cómo dice mi madre, y él tampoco lo necesita. Ya me lo ha dejado bastante claro con las dos últimas citas, que para ser francos, fue un error llevarlos a casa y ahí me di cuenta de que mi hijo no quiere ni necesita un padre y yo… bueno…, yo tengo a Don O el consolador que mi querida hermanita Jazz me regaló para navidades. «Para que no se te oxide», me dijo quedándose tan pancha como ancha. Tiene veintiún años y todo lo que yo tenía a su edad, muy poca vergüenza y un cuerpazo envidiable; a ver, no estoy mal, me sobra un poco de allí y me falta un poco de allá, pero para haber tenido un hijo y tras haberle amamantado durante once meses… aún están ahí en su sitio, bueno…, un par de centímetros más abajo, pero ahí están luchando contra la gravedad. Mi hermana es un caso y la niñera improvisada estos meses en los que he vuelto al mercado de citas.

Desde que Ask nació, mi vida social ha ido en declive y no hablemos de mi vida sexual, si no fuera por don O aquello que escondo entre mis muslos se hubiese vuelto a cerrar irremediablemente. Don O me ha servido como dilatador de vagina, como el que usan las chicas transgénero después de operarse para que aquello que no ve la luz se dilate y se abra. ¡Un inventazo! Yo me conformaba con eso, Don O, un copazo de vino y una buena peli o serie en Netflix era mi plan perfecto de fin de semana. No pedía más, pero ahí estaba Mary erre que erre. «Tienes que salir, Jenn, follar con algo orgánico», me decía mi amiga barra socia. La conocí en unas clases de repostería del chef Valastro en Nueva Jersey, ella acababa de llegar de España y apenas hablaba inglés, se defendía, pero muy poco por no decir nada. Desde entonces no nos hemos separado, incluso compartimos piso. Se empecinó tanto que al final accedí.

Hoy he tenido una de esas citas de Tinder y, joder, no veía la hora de largarme, qué tío más pesado, por el amor de Dios, creo que a partir que me dijo que con treinta y dos años todavía vivía con sus padres mi cerebro se desconectó de la cita y empalmó en cómo iba a poner las rosas del pastel nupcial en el que estoy trabajando. Cuando pude inventarme una excusa me largué y me vine directa a la pastelería.

Son las cuatro de la mañana y en nada vendrá Mikel para echarme una mano con el fondant de azúcar, yo soy malísima. Puedo hacerte cupcakes y tartas que son dignas de exposición en el museo del Louvre, de verdad, y no es que sea una engreída, pero es que tengo una mano para esas cosas que hasta yo me sorprendo, pero el fondant es mi asignatura pendiente. Eso se lo dejo a Mikel, mi ayudante, es el puto Dios del fondant.

Oigo la puerta trasera abrirse. Mikel ya está aquí. Suspiro de alivio, así podré cerrar los ojos aunque sea un par de horas antes de ir a entregar el encargo, menos mal que vivo encima de la pastelería, por eso me permito el lujo de irme a dormir un rato.

—Ey, Jenn. Buenos días, preciosa ¿Qué tal la cita?

—Buenos días o buenas noches, según para quién, y de la cita ni me hables.

Mikel agita la cabeza, mientras se pone su chaquetilla y el delantal. Tras hacerle una lazada perfecta, me mira con los ojos tristes, ha estado llorando.

—¿Qué tal tú y Phil? ¿Habéis hablado ya?

—Phil y yo hemos roto.

—Joder, Mikel. Lo siento, cariño.

—No, no lo sientas. Yo quiero ser papá y él no, pues ya está, ¡a otra cosa mariposa! —dice haciendo aspavientos con las manos. Yo que lo conozco abro los brazos con las manos llenas de azúcar glas y le ofrezco mi pecho para llorar. Mikel rompe en llanto y me abraza.

—Jenn, ¿por qué es tan difícil encontrar un padre para mis bebés? —pregunta señalando a su entrepierna que miró y alzo una ceja. Desde por encima del mandil se nota que tiene buen armamento y por lo que se ve, está bien armado y dispuesto a disparar a diestro y siniestro. Se separa de mí y rasga un poco de papel de cocina para secase las lágri-

14

mas y sonarse los mocos.

—Hoy en día los tíos no quieren compromiso, Mikel, solo quieren sexo. Huyen de las responsabilidades como conejillos asustados a punto de ser cazados por un zorro hambriento. Los príncipes azules son solo producto de la imaginación de algún viejo verde, chocho y decrepito.

Mikel me mira y entorna los ojos, y en su cara se va dibujando una sonrisa de satisfacción que termina dándome un beso sonoro y chupa-ventosas en plan abuela octogenaria que hace que me desequilibre y casi me lleve por delante la tarta en la que estamos trabajando. Suspira profundo, y me asusta tanta satisfacción.

«¿Qué he dicho?»

—Tienes razón, Jenn. No me hace falta un padre para mis bebés, ¿sabes qué? Buscaré un vientre de alquiler que lleve a mis bebés. —Se señala de nuevo la entrepierna y por puro instinto vuelvo a mirar y pienso que si no fuera gay me tiraba encima, en plancha ¡Jesús bendito! «Phil…, Phil, eres gilipollas». Reacciono y pienso en lo que acaba de decir, no es lo que yo le querido dar a entender—. Es lo que haré, buscaré un vientre de alquiler. Seré padre soltero, ¡a la mierda! —dice convencido e intento bajarle en la nube a la que se pretende subir.

—Uy, Mikel. Yo no te lo recomiendo. —Me mira con media sonrisa y me ignora cogiendo el azúcar glas y preparándose para hacer el fondant. Yo me doy por vencida—. Mira, si es lo que quieres, adelante, pero yo me voy a descansar los ojos un poco. Avísame en dos horas.

Tal y como le pedí, en dos horas mi móvil pitó. Mary se estaba preparando para bajar.

—¿Qué? ¿Qué tal tu cita? Eh… —susurra mi amiga.

—Ni me hables, ya puedes estar dando de baja mi suscripción en esa mierda de aplicación.

—Shh. No grites… —susurra de nuevo.

—¿Qué pasa? —pregunto susurrando como lo hace ella.

—Tengo a un vikingo de dos metros metido en la cama. —Sonríe con suficiencia.

—¡Qué! —exclamo y ella vuelve a sisear ordenándome que baje la voz—. No me da la gana, Mary, y si Ask estuviese aquí, ¿qué?

—Pero no está, además, te recuerdo que tú anoche tuviste una cita, podías haber sido tú la del vikingo de dos metros.

—¡Y una leche!, querrás decir un pitufo de metro y medio, que es lo que era mi cita y que encima aún vive con sus padres.

—No jodas…

—Te jodo, Mary. La próxima vez asegúrate que el perfil sea real. Y no el perfil de los pitufos, bonita.

—Lo siento, el tío parecía simpático.

—No, si lo era en la red, pero en persona…

—Menuda decepción —dice apretando los labios para no descojonarse de risa en mi cara.

—No, si puedes reírte, y a gusto, hija de puta, pero que de esa App de que me sacas…, me sacas —sentencio.

No tomamos un café rápido y bajamos a la pastelería. Mikel ya lo tiene todo listo, incluso a puesto las flores de la decoración mejor que yo. Que majo es, por Dios.

«Phil, eres imbécil».

Son las diez de la mañana, hace más de media hora que debíamos haber salido dirección los Hamptons, donde se celebra la boda, pero aquí seguimos, discutiendo con Mary para que nos eche una mano o dos, mejor seis manos para meter esta trata de seis pisos, pesa una tonelada. Mikel y yo no podemos solos.

—Daos prisa, ya llegamos tarde.

La fulmino con la mirada mientras me soplo el flequillo que se me cae por la cara. He empezado a sudar.

—A ver, miss Mary, hacemos lo que podemos, la tarta es muy grande ¿Qué tal si te bajas y nos ayudas?

Resopla y baja.

La miramos con cara asesina Mikel y yo. Si no fuera porque sus croissants de mantequilla son la hostia, me replanteaba mi sociedad con mi mejor amiga. Si lo sé pongo pies en polvorosa cuando iniciamos esta sociedad, es vaga de cojones y muchas veces me saca de mis casillas desempolvando a la novia de Chucky que llevo dentro.

A trompicones subimos la maravillosa tarta en la furgoneta. Mikel y yo nos quedamos en la parte trasera del vehículo para evitar que haya una tragedia por los baches y la velocidad que Mary coge en autopista. Nos miramos y negamos con la cabeza. Agarrándonos como podemos sin soltar la tarta.

2

Jason

Me miro en el espejo y no me reconozco. No sé qué cojones estoy haciendo. Me aflojo la corbata. Me falta el aire, no puedo respirar. Quiero respirar. Mis pulmones están cerrándose, mi respiración es entrecortada como si hubiera corrido un maratón. Se me duermen las puntas de los dedos de manos y pies. Tengo la cabeza embotada y unas ganas terribles de vomitar. Soy una fuente de sudor, tengo la camisa empapada. Miro a mi alrededor y solo veo putas flores blancas y rosas. Diviso la botella de Champagne y me lanzo a por ella y bebo a morro hasta casi acabarla, hasta que mi mejor amigo y padrino de bodas me la arrebata bruscamente.

—¿Qué cojones haces, Jason? —exclama Christian dejando la botella donde estaba. Lo miro como un perro, como uno de esos perrillos que nos enseñan en la publicidad de la tele «No lo abandones, él nunca lo haría», y es lo que necesito, que mi mejor amigo no me abandone, estoy a punto de cometer una locura, yo, Jason Stanford, estoy a punto de ponerme la soga al cuello.

—No puedo, Chris —digo haciéndome un ovillo en el sillón rodeado de flores.

—Sí, sí que puedes. Vamos, no hagas esperar más a Sharon y al padre Diaz que ya sabes cómo se las gasta el curita.

—¿Sharon ya ha llegado?

—Sí, y está sentada en su carruaje, literalmente con caballos y todo, se cree Lady Di.

—No es ella, Chris, no lo es —digo en un intento de convencerme que Sharon no es la princesa que quiero, necesito y deseo. No, no es un intento, es que ¡no lo es!

—Vamos, Jason, no digas tonterías, es ella. Siempre lo ha sido. ¿Cuánto lleváis saliendo?, ¿diez?, ¿veinte años? Joder, si es tu primera novia del instituto, eso, y que su padre va a comprar una desorbitada porción de la empresa de tus padres y sabes que necesitáis ese dinero, Jason. No lo hagas por ti, hazlo por ellos.

—Oh, sí, tú dame más ánimos. Lo último que necesito es que me metas en vena más presión de la que ya tengo encima. Con amigos como tú, quién necesita enemigos.

—A ver…, ¿qué pasa? Cuéntale a papi que pasa por esa cabecita —dice y me revuelve el pelo.

Lo miro y pongo los ojos en blanco, tapándome la cara con las manos.

—Que no, Chris, que no la amo, ya está, no la quiero, esto es una locura y jamás debí seguir adelante con esta patraña, con… con esta farsa, este no es mi cuento de hadas.

—Y dale con el cuentito de hadas, vamos Jason, que ya estamos mayorcitos para estas mierdas. Ponte la maldita chaqueta…

—Chaqué —interrumpo.

—Lo que mierdas sea, póntelo y ve a casarte. Que es la novia la que hace esperar al novio, no al revés.

La puerta se abre y entra mi hermana Dakota super elegante y guapísima, como siempre, casi me da pena sentirme como me siento, pero solo por ella y mi madre.

—Jason, ¿qué pasa? Papá está al borde de un infarto y a mamá ya no le quedan más excusas.

—No puedo sister, no puedo…

Mi hermana abre los ojos y dibuja una sonrisa de satisfacción. El brillo de sus ojos me encoge. A ella nunca le gustó Sharon, ni siquiera cuando empezamos a salir en el instituto. La odiaba. Le parecía superficial y superflua. Ella decía que esa clase de chica no representa a las mujeres de verdad. De esas que se levantan la falda y saltan el charco de barro sin obligar al chico de turno —o sea yo— a tumbarse en el charco, llenarse de mierda hasta las cejas para que la princesa pueda pasar sin mancharse los zapatos. Su mirada me llena de valor y un calor abrasador recorre mi cuerpo y como si pisara el acelerador de mi moto. Pongo pies en polvorosa.

Novio a la fuga

3

Jenn

Ya hemos llegado. Por fin… Entramos en la elegante casa por un camino de piedra recibidos por un popurrí de árboles, quizás centenarios abetos, pinos… A medida que avanzamos, la gigantesca mansión se nos presenta majestuosa, apenas la veo, pero incluso detrás del cabezón de Mary puedo ver lo bonita que es. Pasamos por un camino de grava flanqueado por la hilera de árboles. Mary se detiene ante la verja negra y esta se abre dándonos paso.

El Furgón del cáterin ya está ahí, mierda. Quería llegar antes que Ben. Gracias a él nos hicieron este encargo; fuimos recomendados por él y nos pidió, no, nos exigió que fuéramos puntuales; los clientes son ingleses y ya se sabe lo que dicen de estos, que funcionan con el Big Ben o algo así.

Ben camina hacia nosotros con el ceño fruncido, se quita las gafas de sol con rabia y camina como si en cualquier momento fuese a sacar una pistola de detrás de su espalda y liarse a tiros con nosotros. Está más estresado de lo normal, aunque él vive en eterno estado de estrés. En seguida reduce el paso y pone cara de idiota al ver bajar a Mary de la furgoneta. Estos dos de vez en cuando tiene su que ver. Mary lo usa como yo a Don O, es su consolador de carne y hueso —orgánico como diría ella—; él quiere algo más con ella, pero ella quiere con todo el mundo y oye, que se lo puede permitir, es guapa, atractiva y descarada, muy descarada.

—¡Hace más de media hora que teníais que haber llegado! —exclama y Mary se acerca a él.

Mike y yo observábamos a la leona acercarse a su presa como en un documental del National Geographic, mientras intentamos sacar la

20

tarta de la furgoneta, nosotros solitos.

—Veinticinco minutos, Ben… —susurra de forma sensual posando su mano sobre el pecho de Ben al que se le acaban de encender las mejillas.

—Si…si… hubieseis salido veinticinco minutos antes ya…ya… —titubea— habríais llegado hace rato.

Mi socia le sonríe despreocupada a escasos milímetros de su cara enrojecida y sudorosa.

—No nos eches la culpa a nosotros, échasela al vikingo de dos metros que está esperando en la cama de Mary —musita Mikel y yo aprieto los labios para no dejar salir la risa que me está entrando.

Ben nos mira con los ojos abiertos como platos y Mary… Mary nos está pegando un tiro a cada uno, descuartizándonos, metiéndonos en bolsitas negras de basura y tirándonos al estanque de los tiburones del zoo de Central Park. Todo esto, mientras se fuma un cigarrillo y bebe una copa de algún vino español, carísimo eso sí, de La Rioja, de donde es originaria ella. No quiere nada con Ben, pero lo quiere de reserva, como el vino. No se puede permitir perder a su consolador orgánico. Sería una auténtica tragedia griega, aunque no sé si para ella o para él. Conociendo a Mary más bien para él, está coladito por la españolita.

—No les hagas caso, cielo, ya sabes cómo son. —Hace un rizo con su dedo en uno de los mechones del pelo negro de Ben —. Mejor les ayudo con la tarta. No vayan a liarla —dice con una voz tan sensual que hasta a mí me pone perra ¿Cómo cojones lo hace? Es mi ídola, la idolatro; es como un puto tío, los embauca de una manera que joder, me hace sentir vergüenza de mí misma.

Ben sonríe bobalicón y le dice algo al oído cogiéndola por la cintura y ella sonríe con falsa timidez, es falsa lo sé, porque esta de tímida no tiene nada, pero Na-da.

Parecemos los tres chiflados bailando con la tarta detrás de Ben que nos guía hasta donde quieren que la coloquemos. Intentando mantener el equilibrio con la tarta de seis pisos, la cual dije a Mary que la montásemos ya una vez aquí, pero no, ella se empeñó en que la llevásemos ya montada.

—Pero ¡dónde vas, chiflado! —Oigo una voz que sale de una esquina de la casa. Detrás de ella, lo que parece ser el novio y lo es, lleva un chaqué y el ramillete de flores rosas en la solapa. Corre despavorido y detrás de él, lo que parece ser el padrino. Pasa tan rápido a nuestro lado que uno de los mechones que me cae por la cara y el cual llevo todo el rato soplando para que no se me meta en los ojos, se me airea y casi tiramos la tarta al suelo, al pasar por el lado de Mary la ha hecho tambalear de su posición. El tío corre despavorido. Una chica rubia, altísima y espectacular va detrás de los chicos riéndose a carcajadas con los zapatos en la mano, casi ni puede andar, se sujeta la barriga de la risa. Veo como el novio se monta en una Honda, se pone el casco y a mí se me revuelve el estómago y mi mente viaja seis años atrás viéndome parada como idiota en la gasolinera. El rugido de la moto me sobresalta, le da con rabia al acelerador, el sonido se me cala en los huesos y sin saber por qué, tiemblo. Vuelve a acelerar y empiezo a sentir náuseas. Vete ya o para la puta moto, joder, que voy a echar la pota encima de la tarta.

Ben no sabe lo que pasa y nos pide que avancemos y dejemos la tarta. En ese momento el chico pone las marchas y sale como un tiro de allí.

La novia sale despavorida detrás de él sin poder alcanzarlo remangándose el vestido. «Qué lástima», pienso. Le tira un zapato, luego otro y cae sentada en el suelo llorando a pleno pulmón como una niña pequeña, allí envuelta en tafetán y lycra parece una gigantesca bola de algodón de azúcar. Seguimos parados incapaces de movernos. El padre de la novia se acerca a ella para levantarla del suelo y yo siento como si me hubieran plantado a mí. «Mira, otra princesa abandonada por su príncipe en su metálico corcel rojo, una Honda CBR500R de motor bicilíndrico, no me preguntéis por qué lo sé», hijo de puta. Los tres nos miramos, descolocados.

A mí me da que no va a haber boda pero Ben insiste que llevemos la tarta a la mesa. Una mujer se acerca a él y lo aparta.

La novia, que va colgada del brazo de su padre llorando como una magdalena, nos mira y se para en seco, camina hacia nosotros y nos volvemos a mirar sin saber qué hacer. Cuando llega a nuestra posición, bajo la mirada de todo el mundo que se han quedado totalmente paralizados, pareciera que el planeta se hubiese detenido en ese momento, que sí lo ha hecho por lo menos para la novia —conozco esa sensación—. Extiende su brazo y hunde las uñas agarrando una buena porción de tarta con las manos y con toda la cara llena de chorretes de rímel la mira y se la mete entera a la boca, me recuerda a un pez globo..., y se va gritando:

—Papiiiii, papaíto. —Lloriquea.

—Sí, nenita… vámonos a casa, algodoncito. —Le pone su americana y se la lleva echa un destrozo.

La mujer que ha apartado a Ben le extiende un par de cheques.

Una vez ya la novia dentro del coche nupcial, que ya no es tan nupcial, hablan y parece que Ben le esté dando el pésame a la mujer. Se acerca a nosotros.

—Llevaos la tarta. —Lo miro flipada, con lo que nos ha costado llegar hasta allí y tenemos que llevárnosla de vuelta.

Nos damos la vuelta. Me dan ganas de tirarla al suelo, ¿ahora qué hago yo con esta tarta? y encima manoseada, si por lo menos no la

hubiera tocado… podría venderla a porciones en la tienda, pero ¿así? Ni de coña. Es insalubre.

4

Jason

La adrenalina recorre mi cuerpo. Me siento bien, liberado. «Lo siento, Sharon, qué coño, ¡que te jodan! Zorra manipuladora». Estoy pletórico. Acelero. Voy rápido, demasiado rápido, pero es lo que me pide el cuerpo, que salga a toda hostia de allí, que desaparezca. No siento ningún tipo de remordimiento, NINGUNO. El rugido de mi moto me embriaga y retumba en mi pecho. Acelero un poco más, adelanto a un par de coches, cojo la curva y mi moto sale disparada y yo con ella. Todo se vuelve negro. Cuando despierto estoy en un cuarto, en el hospital. Abro los ojos lentamente y veo a mi madre que se levanta de súbito.

—¡Jason! —exclama—, ¡por el amor de Dios! —Mi padre está asomado a la ventana de la habitación con las manos metidas en los bolsillos. Ni se ha girado para verme. Debe estar cabreado, no, lo siguiente. Es de noche, mi madre me besa la frente, ha estado llorando y yo me siento un auténtico gilipollas por haber hecho sufrir a mi madre, que mal rato ha debido de pasar la pobre.

—¿En qué estabas pensando? hijo mío… qué susto nos has dado.

—En que es gilipollas, Georgia, un auténtico, gilipollas —dice mi padre con toda la razón del mundo como si me leyese el pensamiento. Solo pensé en mí, en salir corriendo de ese lugar en huir de Sharon y no pensé en el daño que haría a mis padres. No debí acelerar, porque de haber dejado tirada a Sharon, no me arrepiento—. No contento con destrozar la vida de la pobre Sharon, va y le roba todo el protagonismo, teniendo un accidente con esa moto infernal.

Mis padres empiezan a discutir entre ellos. Me duele todo. Me he dado un buen piñazo. Muevo las piernas para comprobar que aún ahí movimiento y sí, se mueven. Los brazos también porque puedo tocarme la cara.

—Sigues siendo guapo —dice mi hermana entrando por la puerta de la habitación con dos cafés, que les extiende a mis padres que no dejan de discutir a susurros. Siento un poco de quemazón en un costado levanto la sabana, pero estoy vendado—. Es solo un rasguño, estás entero. Has tenido mucha suerte —dice y me besa la frente peinándome con sus dedos—. Pero estás desheredado —indica y mira a mi padre que nos mira con los ojos encendidos, bueno, me mira a mí.

—No lo dudes —escupe.

—¡Jeffrey! —exclama de mi madre.

Intento incorporarme y en ese preciso instante aparece Sharon. Mis padres pasan de mirarse con odio a mirarse con compasión y culpa, y después, del mismo modo, miran a Sharon. Mi madre coge su bolso se acerca a Sharon cogiéndola por los hombros como si le estuviera dando el pésame. Mi padre hace lo mismo.

—Mejor será que los dejemos solos —insinúa mi madre para que Dakota se levante de la cama. Le agarro la mano paralizándola, no quiero que me deje solo con esta bruja malvada disfrazada de princesa de cuento de hadas por qué no lo es, NO LO ES.

—Dakota —reclama mi madre de nuevo. Mi hermana resignada suspira y me besa la frente.

—No te comas la manzana, me has oído, no te la comas —me advierte mi hermana haciéndome reír. Sharon trae una cesta de frutas. Si con esto cree que voy a volver a ponerme el chaqué, va apañada.

—¿Estás bien? —pregunta dejando el bolso sobre el sillón donde estaba sentada mi madre.

—Sí —carraspeo nervioso —, gracias. Estoy bien.

—Me alegro… —susurra y me clava una mirada inquisidora que me eriza la piel. Ahí está la bruja. Deja la cesta de fruta sobre la mesita al lado de mi cama. Miro la manzana que brilla gritando CÓMEME. Cierro los ojos apartando la mirada de la pieza de fruta, obedeciendo la orden de mi hermana cuya voz resuena en mi mente: «No te comas la manzana» y suena con eco.

—¿Cómo has podido hacerme esto, Jason?

—¿Cómo pudiste tú acostarte con tu instructor de yoga a dos días

—respondo con otra pregunta enarcando una ceja.

—Creí que ese asunto ya estaba hablado y zanjado. Me perdonaste —dice como solo ella sabe hacerlo, porque tiene un don, cínica y despreocupada, echándose el pelo para atrás hundiendo sus dedos en su cabello.

—Por tu parte. Me pediste perdón y te auto perdonaste e hiciste como que no había pasado nada, sin tener en cuenta mis sentimientos, pero sí pasó. Te acostaste con otro hombre a dos días de nuestra boda.

La muy hipócrita sonríe.

—Eres un hijo de puta —Mis ojos se abren estupefactos lo mismo que mi boca y mis cejas se enarcan.

—Y tú una zorra…

Una princesa en apuros

Un año después de la no, boda

5

Jason

Dakota sale a recibirme con un gran abrazo, hace un par de semanas que no nos vemos, está feliz por verme ahí desde que me fugué de mi boda hace ya un año, qué rápido pasa el tiempo, no he pisado la casa de mis padres. No es que lo tenga prohibido, no, no me apetecía nada aguantar las quejas de mi padre; gracias a mi gran hazaña, como él lo llama, perdió la cuenta de los Sloan, el padre de Sharon, la sociedad que iban a montar tras la boda no se produjo y mi padre, mi querido padre, no pierde la ocasión de recordármelo, así que decidí acortar mis vistas hasta ser casi inexistentes. Pero hoy he tenido que venir, es cuatro de julio, y aunque somos ingleses, mi madre es americana. Entro bajo el brazo de mi hermana que está feliz y mi madre sale de la cocina con una gran sonrisa emocionada. Veo a mi padre en la salita de estar con su copa de Bourbon, su cigarrillo encendido, hace más de cinco años que no fuma, pero necesita oler el humo. No lo entiendo, pero así es. Está con el periódico o haciendo que lee para no mírame está ojeando el Daily Mail el periódico inglés.

—Ni lo tomes en cuenta, está tan emocionado o más que yo por tenerte en casa —dice mi madre intentando excusarlo enmarcándome la cara con sus suaves manos.

—Mamá, el asado… —informa mi hermana.

—Ay, sí. Estoy tan feliz por tenerte aquí que casi se me olvida.

Mi madre entra en la cocina apurada. La sigo. No tengo pensamiento de ir junto a mi padre, lord Stanford no me perdona, a la vista salta. Cuando voy a sentarme en la cocina con ella, mi madre hace un gesto con la cabeza exigiéndome que vaya a hablar con él. Dakota encoge los hombros. Las miro y suspiro resignado. Voy a su encuentro. La puerta de la sala de estar está abierta pero prefiero tocar antes de entrar y ahorrarme algunos insultos de más y reproches de lo mucho que se gastó en aquel internado de señoritingos donde nos encerró en aquel entonces a James y a mí. Porque Dakota antes era James y éramos gemelos. Mi hermana es una preciosa mujer transexual y próximamente transgénero porque va a operarse para ser una mujer completa, que ya lo es, pero ella necesita esa operación y yo la apoyo igual que he hecho siempre; todos la apoyamos bueno, mi madre, mi padre y yo. O ¿si no por qué crees que estamos aquí en los Estados Unidos? Uno: porque mi madre es estadounidense, de Dakota de norte, de ahí el nombre de mi hermana y dos: porque tuvimos que huir, cosa que me jode mucho y no porque su majestad tuviera algún reparo con que el hijo de un lord fuera transexual no, más bien por nuestro entorno, ignorábamos los comentarios, pero papá fue perdiendo negocios y Dakota, bueno, ella no lo llevaba bien así que de la noche a la mañana tuvimos que salir de allí. Conservamos los títulos porque mi padre siempre acude cuando es requerido por la corona, aquí donde me veis soy duque gracias a mi abuelo que me heredó el título que no uso y para mí como si no existiera. Una de las cosas que me molestaban de Sharon es que estaba un poquito obsesionada con el tema, es más, ahora sé que lo único que le interesaba de mi era eso, el título, ella también es inglesa y ansiaba llegar a Inglaterra colgada del brazo de un duque y convertirse en duquesa. Gracias a Dios, o al instructor de yoga, abrí los ojos a tiempo. Entro y mi padre, que está leyendo el periódico al revés, me ignora.

—Está al revés —informo.

—Ya lo sé —dice cortante y seco—. Es una nueva forma de leer para ejercitar la vista —se excusa. No quiere mirarme.

—Uhm… —digo, y pido permiso para sentarme. No dice nada. Me siento en el sillón contiguo.

—No me gusta tu último libro, ni al New York Times tampoco. —Me coge de sorpresa, no sabía que mi padre leyera mis libros. Aparte de duque soy escritor. De verdad que me sorprende que mi padre, Lord Jeffrey Christopher Stanford, lee novela romántica.

—No ha tenido tan mala critica.

—¿No? Espera. —Aparta el Daily Mail y coge el New York Times.

Lo abre, busca la página y dispara. —El joven escritor Jason Stanford, que nos tenía acostumbrados a historias de amor que hacían que se te estremeciera el alma, nos sorprende con su último trabajo «Las princesas pierden ¿purpurina?». ¿Qué es lo que nos ha querido decir el escritor? Una novela en la que deja a la mujer moderna de hoy, tal y como están las cosas con el Me too, a la altura del betún. El joven, al parecer, no supera la ruptura con su novia, la guapísima y exitosa Sharon Sloan y así lo deja ver en sus páginas que rezuman venganza y despecho, valga la redundancia.

Mi padre cierra el periódico y me mira, a mí me hierve la sangre; ¿ruptura, exitosa…?, pero ¿de qué van estos? Después de un año ¿siguen recordando esta mierda?

—Papá, ha pasado ya un año de eso. ¿No puedes obviar esa basura?

—No, si todo el mundo en el círculo me lo recuerda.

—Se supone que eres mi padre, deberías apoyarme en una cosa así, dime ¿si mamá se hubiera acostado con otro hombre a dos días de vuestra boda que hubieses hecho tú? —Silencio sepulcral—. ¡Ajá! Ves, no hubieses podido.

—Jason, las cosas no son tan fáciles…

—Pero ¿qué estás diciendo, papá? ¿Qué? ¿tenía que haber agachado los cuernos y casarme con una mujer cuyo único interés era el de llevar el título de duquesa? Eso es lo que querías.

—¡Necesitábamos el dinero, Jason!

—Ah, muy bonito, y lo mejor era prostituir a tu   hijo ¡Oye!, ya que estamos, ¿por qué no haces como antes y me buscas una nueva novia de catálogo como lo hacían nuestros antepasados?, y asegúrate de que tenga mucho, pero que mucho dinero para pagar tus deudas. Y así nos dejas a todos tranquilos o no, mejor me dejas a mí tranquilo.

Mi madre y mi hermana entran preocupadas, estoy elevando demasiado el tono de voz y lo siento por ellas, pero mi padre me desquicia, no sé qué quiere de mí.

—¿¡Qué quieres de mí, papá!?, dímelo.

Mi padre se levanta de su asiento y me mira fijamente a los ojos.

—Que te dejes de cuentos de hadas, princesas de ensueño que no existen, busques un trabajo de verdad y dejes de escribir esas mierdas que escribes. ¿Quieres escribir? Hazlo, pero de verdad. Tengo amigos en el New York Times que estarían muy contentos de que escribieras para ellos o en el New York post. Solo tienes que pedirlo.

Quiero mandar a mi padre a freír espárragos. Pero no puedo, a pesar de todo es mi padre y le debo respeto. Así que para evitar más enfrentamientos, me largo. Termino en un bar ahogando mi frustración, el peor de todos. El más lúgubre, como me siento ahora mismo.

6

Jenn

Hoy es el cumpleaños de mi bisabuela. Noventa y nueve años cumple. Está como una rosa.

Como todos los años, desde que me convertí en repostera, hago las tartas para todos los eventos familiares. Solo que en este tengo un encargo familiar de la abuela de mi madre. Galletas de marihuana, lo que oyes, según mi Bisa, terapéutica.

Aparco y Ask sale disparado hacia el interior de la casa, quiere ver el desfile de cuatro de julio con su abuelo, mi padre. Mi hermana y madre están en el jardín preparando todo. Uno de mis tíos ya está encendiendo las brasas para la barbacoa. Al mismo tiempo que celebramos el cumpleaños de la abuela, celebramos también nuestro día de la independencia y cómo no, me he traído a Mary con la que después tengo una cita con dos chicos de Tinder. No, no me quitó de la aplicación, aunque apenas la uso.

Bárbara, mi madre, al vernos llegar se acerca a nosotros para echarnos una mano y al ver lo que tengo en las manos, pone los ojos en blanco.

—Otra vez las dichosas galletitas, ¿cuántas veces te he dicho que no le traigas esas cosas a mi abuela?

—Pero si ella me las pide… Barbs, no exageres, además, son terapéuticas. Le sientan bien ¿conoces los efectos que le causan? O ¿Por qué te crees que tu abuela cumple noventa y nueve años? Por la vitalidad que le dan y que le quitan los dolores —me mofo de mi madre que me pone los ojos en blanco y chasquea la lengua.

—Y una…

Abro los ojos como platos emocionada. Bárbara va a soltar un taco y estrenar el bote de la vergüenza.

—Y una zanahoria —dice al fin y yo me deshincho, qué ganas tenía yo de verla poner un dólar en el bote.

—¡Cariño, has venido! —exclama y no sé por qué. Se supone que si mi hijo está aquí, estoy yo. Sale de la puerta de la cocina que da al garaje donde tiene su moto con las manos llenas de grasa, ya no la usa, desde lo que me pasó a mí. Mi padre voluntariamente desterró su moto en el garaje. Se acerca despacio y mira a mi madre susurrando y señalando con los ojos las galletas de la abuela.

—¿Son las galletitas de la abuela? —pregunta.

—Te he oído. Ni se te ocurra Damián. —Mi madre lo fulmina con mirada asesina y mi padre se va con el rabo entre las piernas a ver el desfile con su nieto.

Tras un cuatro de Julio normalito en la residencia de los Baker. Cuando me refiero a normalito, es fuera de lugar, estrambótico, caótico, surrealista. Mi padre termina en urgencias, estaba tan colocado de galletas de maría, que en vez de encender los fuegos artificiales encendió sus pantalones porque confundió la cuerdita del pantalón con la mecha del petardo, mi madre terminó corriendo detrás de él con un cubo de agua apagando los pantalones, mientras mi padre rodaba en el suelo como una croqueta; mi tía detrás de su abuela que corría calle arriba, calle abajo en su silla motorizada con el sujetador al viento y las tetas también. Madre mía, mi abuela y sus tetas serán un recuerdo difícil de olvidar.

Tras asegurarme de que mi padre está bien. Mary y yo nos vamos a nuestra cita, quería usarlo de pretexto para no ir, pero entre mi hermana y Mary me han acorralado y no me ha quedado más remedio que ir. Por lo menos, para que me dejen en paz.

El bar donde hemos quedado es cutre, cutrisimo. Apesta a cerveza rancia y a sudor. Hay una mesa de billar al fondo y en la barra donde están colocadas las botellas, un letrero de neón que parpadea dejándome ciega y me pone muy nerviosa, en el que dice Coyote, ojalá fuese el de la película, ese, aún y todo, tenía más clase. Los dos chicos son guapos, pero el de la cita de Mary lo es más. Al mío, que no es feo, las cosas sean dichas, le apesta el aliento y es un sobón de cojones. Llevo solo treinta y cinco minutos aquí y ya me quiero ir. Esto está siendo un desastre. Me quiero largar ya. Mary está tan a gusto que hasta lástima me da. Hago como que me llaman al teléfono y me ausento de la mesa yéndome al baño.

—¡No tardes mucho, nena! —me dice a voz en grito y yo le miro con sonrisa falsa. En cuanto volteo pongo cara de asco. Joder, cómo le apesta el aliento, he tenido que aguantar la respiración cada vez que se dirigía a mí poniéndome su brazo sobre los hombros.

Entro en el baño y un terrible olor a orina me abofetea el olfato, joder. No hay nadie, así que no tengo que hacer cola. En otro momento me hubiera aguantado el pis, pero es que no puedo más. Necesito orinar. Abro el cubículo y busco el papel higiénico, por fortuna, hay. Cojo un buen trozo y limpio los bordes del retrete. Ni de coña voy a poner mi pompis ahí, lo importante es poner barrera a las bacterias para que no escalen a mi chichi y mañana me despierte con una cistitis de órdago. Me apoyo en las paredes del cubículo con la punta de los dedos con un asco tremendo. Cuando termino voy derechita al lavarme las manos, o mejor, borrarme las huellas dactilares. Qué asco por dios. En mi bolso llevo gel desinfectante para manos así que pulo el borrado de huella.

Salgo y desde aquí veo y oigo a Mary reírse, no ha dejado de beber, lleva un colocón que para que te cuento. Pongo los ojos en blanco dispuesta a enfrentarme a la situación y aguantar un par de minutos más. En ese estado, no voy a dejar a mi amiga con esos dos tíos. Mary se cae de la silla prácticamente. No creo que sea consciente que esos dos son unos sobones. Cuando doy dos pasos, me tropiezo con un chico que acaba de entrar como un tiro y ha pasado delante de mí. Casi me tira. Se frena en seco y con cara de susto me pide disculpas. Me quedo petrificada sus ojos grises, se me clavan como dos agujas. Qué guapo es, mi tripa se enciende y algo me hace cosquillas.

Oh, mariposas ¿seguís ahí?

Ni siquiera me acordaba de esa sensación de cuando ves a un chico que te gusta. Mi chichi parece hablarme contrayéndose, noto un calor en las mejillas que ya creía muertas. Madre mía…, qué guapo es. Soy incapaz de reaccionar hasta que el del fétido aliento. Fétido, ese adjetivo le viene como anillo al dedo, fé-ti-do…

—Discúlpeme señorita, no era mi intención —dice un fuerte acento inglés y su voz es melosa. Se me clava en los oídos y se me repite en el cerebro con eco, como si quisiera memorizar el tono de su voz.

—Ehn, sí, sí… no pasa nada el sitio es estrecho —me excuso y echo andar rápida. Juraría que he visto a Cupido por aquí pululando, que ni se le ocurra, ya tengo la carta de reclamación a Asuntos Amorosos, redactada, que ni se me acerque ese pequeño cabrón.

Camino como puedo, porque las rodillas me tiemblan, el chico se me queda mirando y me sonríe. Joder qué guapo es. Suspiro y ando hacia la mesa evitando girarme para volver a verlo. Sin embargo, noto como sus ojos se clavan en mi espalda. Pido una botella de agua y Fétido se descojona de mí, pasan unos minutos más, quince para ser exactos, no he dejado de mirar el reloj, Mary está cada vez peor, tengo que sacarla de aquí, el tío le lame la oreja y yo me asqueo. Mary está mal, no puede ni abrir los ojos.

—Bueno, ya está bien —digo bastante mosqueada—, se acabó, tú y tu amigo sois unos guarros—. La cita de Mary me mira y se ríe en mi cara.

—Vamos, nena, nos estamos divirtiendo, cuando salgamos de aquí te voy a follar… —No lo dejo acabar, su apestoso aliento es nauseabundo y no lo aguanto más, le doy un empujón agarrando a mi amiga para llevármela de ahí; al tío le ha debido de molestar porque de repente empieza a vociferar:

—Vamos, putita, un polvo antes de irte, guapa, tu amiga está dispuesta.

Le firmo en la cara con mis cinco dedos.

—¡Serás puta! —exclama abalanzándose sobre mí, no le da tiempo. Yo he cerrado los ojos, cuando los abro veo como el chico de antes está propinándole un sonoro puñetazo en el mentón, a lo mejor y así le regula las glándulas y le deja de apestar el aliento.

—Si la señorita dice que no, es que no.

«Ay, por Dios, ¿todavía quedan de estos?»

—Salga de aquí, señorita, yo me encargo.

Obedezco y salgo del local arrastrando a Mary, pongo su brazo en mi hombro. No puede andar. Caminamos, bueno, yo camino, mi amiga se arrastra, buscando un taxi. El chico nos alcanza.

—Ey, ey, ¿está bien? —pregunta dejándome descolocada. Ha corrido tras de nosotras porque tiene la respiración entrecortada y recupera el aliento cogiéndose las rodillas. Levanta la mirada y ahí estoy yo, descolocada y con Mary colgada como un koala a mi cuello, dándome besitos y diciéndome lo buena amiga que soy.

—Ehn… Sí, sí, muchas gracias por lo de antes. Disculpe que no nos quedásemos. —No le tuteo porque él tampoco lo hace, me parece extraño, no estoy acostumbrada a estos formalismos en tíos de su edad, de mi edad, porque se nota que tiene los mismos años que yo, veintiséis o treinta como mucho.

—No, entiendo, no se preocupe. Solo quería saber cómo se encontraban. Por cierto, me llamo Jason —me extiende la mano.

—Jennifer y disculpe que no le de la mano si lo hago se me cae la niña. —Señalo a Mary que se separa de mí y se apoya a una farola. Se pone en posición. Se inclina levemente. Hecha el pastel de carne de mi madre y las galletas de maría que le ha debido de coger a mi abuela. Todos han comido galletas menos yo y la dueña. Corro hacia ella y me hace una seña para que pare.

—Si quiere las llevo. —Me señala un Audi negro—. Tengo el coche ahí mismo.

—Gracias, ¿Jason? —Asiente con la cabeza—, pero prefiero coger un taxi.

—¿Seguro? —Me mira y seguido mira a Mary que sigue vomitando en la farola, con lo pequeñita que es y lo que abarca ese pequeño cuerpecillo.

—Sí, sí. Ya has hecho mucho por nosotras, te lo agradezco, pero prefiero ir en un taxi —repito por no decirle que declino su oferta porque me moriría de la vergüenza si aquí la fuente de bilis le mancha la maravillosa tapicería de su Audi último modelo.

—Como prefieras. Os buscaré un taxi.

Quiero protestar, pero él ya nos ha parado uno. Me ayuda a montar a Mary en el coche. Que ya recuperada, se ha puesto a cantar la Macarena. Una vez montada la hija de Los del rio en el taxi amarillo. Me despido.

—Adiós, Jason.

—Hasta luego, Jennifer. —Me sonríe y me quedo lela. Qué bonito suena mi nombre en esos preciosos labios brillantes, carnosos, esculpidos por Da Vinci; yo no estaba, pero fijo los esculpió por qué son una obra de arte. No puedo dejar de mirarlos, él se los humedece y mi corazón se desboca.

Ay, señor qué daría yo por morder esos labios.

7

Jason

Observo como el taxi se aleja. Ella se gira y sonrío como un auténtico imbécil. Tenía que haber insistido más, pedirle su número. Joder,
eres idiota, idiota, «Jennifer» ... Suspiro su nombre, qué hermosa eres,
Jennifer... Mierda, voy a seguir al taxi. Si algo tengo, es memoria fo-
tográfica y me he quedado con el número de taxi. Me apuro abriendo
el coche. Se me caen las llaves. «Joder, qué torpe eres Jason, se te va a
escapar y nunca más la vas a volver a ver y ¿si es ella? y ¿si es la princesa que tanto buscas?, date prisa», dice mi caballero andante. «Torpe, vamos...», insiste, poniéndome más nervioso de lo que ya estoy.
Cuando consigo abrir el coche arranco sin demora y me introduzco en
el tráfico. No es hasta unas cuántas manzanas cuando localizo el taxi.
Ahí están. Me pongo a una distancia prudente para no ser visto. Soy
un puto acosador. No puedo dejar escapar esos hermosos ojos pardos
y esas caderas... Ay, esas caderas... ¿Qué coño estoy haciendo? Me he
vuelto loco. Me ha vuelto loco desde el primer instante en que tropecé
con ella en el bar, mi estúpido y loco corazón enamoradizo bombardeó
mi cuerpo elevándome la dopamina ¡puto cupido! El semáforo se pone
en verde y avanzamos, les sigo un par de manzanas más cuando el taxi
se detiene frente a una pastelería, La Molina de Baker, curioso, ¿de qué
me suena? Veo como Jennifer y su amiga se bajan del vehículo. Ella
paga al taxista y la amiga va bailando y canturreando hacia un lado de la
pastelería en el que hay unas escaleras. Cuando desaparecen de mi vista,
veo que unas luces se encienden justo encima del local, deben vivir ahí.
Bueno, puto acosador, ya sabes donde vive. Satisfecho por saber dónde
localizarla, me monto en mi coche y me voy. Ya planificaré el encuentro casual.

8

Jenn

Aún me acuerdo del día que conocí a Mary. No hablaba nada de inglés. En muchas ocasiones le hacía de intérprete, yo había estado un par de años en España, entre Madrid y Sevilla, concretamente, y podía traducirle sin problemas.

—Gracias, Jenn. No sé qué hubiera hecho sin ti —me agradeció la traducción.

—No hay que darlas. —Sonreí y seguí amasando la masa de pan de oliva que nos había puesto el chef como tarea del día.

—¿Sabes? Si no me hubiera topado contigo, me hubiera vuelto a España de cabeza y con el rabo entre las piernas.

—Qué exagerada. No será para tanto.

—En serio, mi padre no quería que viniera aquí ni tampoco que estudiara para "pastelera", él quiere que sea abogada como él.

Amaso y me rio. El chef nos llama la atención.

—¿Te imaginas yo defendiendo delincuentes y corruptos? —susurra.

—No, no puedes. Tú ya eres una delincuente.

—Exacto.

Reímos bajito.

—Te has ganado una Molina.

La miro sorprendida.

—No sé, si eso es bueno o malo —sonrío.

—Bueno, bueno… es bueno; soy una Molina de Baker —dice susurrante moviendo los brazos y señalando en el aire. De repente suspira para sus adentros y abre los ojos. —La Molina de Baker, ¡eso es!, así se llamará nuestra pastelería cuando terminemos el curso, ¿te imaginas?

—No… —reí. Y así fue como empezó nuestra sociedad. Tardamos un poco pero lo hicimos con ayuda de mis padres y nuestros ahorrillos. Abrimos nuestro primer negocio.

—Bueno, bonita. Vamos a darte un baño.

Mary es incapaz de gesticular palabra, el pedo que lleva es épico. La meto en la ducha, le pongo el pijama y la acuesto. Cae grogui en cuestión de segundos, ya se estaba durmiendo en la ducha, casi se me cae.

Igual que compramos el local de la pastelería, compramos el piso de arriba, nos hacían una muy buena oferta si nos llevábamos las dos cosas, eso sí, la reforma nos arruinó. Casi nos dimos por vencidas. Mary terminó por tragase su orgullo y el mío, y llamó a su padre para pedirle dinero con la promesa que si la cosa salía mal se iba de vuelta a La Rioja a retomar sus estudios de derecho que había dejado a medias. Por fortuna, nos fue bien. Salimos a flote. No es que tiremos cohetes, pero nos va bien. Nuestra pastelería sale en las guías y tiene muy buenas valoraciones. Me atrevo a decir que es una de las mejores de la ciudad después del Magnolias donde Carrie, de Sexo en Nueva York, se compraba los cupcakes.

Me meto en la cama agotada pero soy incapaz de conciliar el sueño. Doy vueltas como una peonza. El recuerdo de Jason rescatándome de las garras de aquel ogro de aliento fétido me asalta y me pone un poco… perra. Un cosquilleo me sube por la panza, sube y baja hasta mi vagina. «Oh, no, Jennifer Christina Baker no, no vas a enamorarte de un desconocido». Oigo las alas del drogata de mi cupido revolotear por mi cabeza «Lárgate de aquí, maldito, esta vez no me vas a coger desprevenida déjalo ya, llevas seis años intentándolo, date ya por vencido. ¿Un porrito? Además, por mucho que lo intentes no lo voy a volver a ver más. ¡Ja! Jenn 1 - Cupido 0». Aunque podría buscarlo en Instagram o ¿será más de Facebook? ¡No! Ni siquiera sé su apellido. El caso es que su cara me es familiar ¿Dónde lo he visto antes? Intento no pensar más allá, porque sus preciosos ojos grises me asaltan, es inglés, lo deduzco por su acento que lo llevo clavado en los sesos, «señorita», qué gracioso y qué caballeroso, ya no quedan hombres como él en este planeta. Nunca me había topado con uno de esos y se nota que tiene pasta: su ropa, zapatos, su coche…, menudo cochazo.

40

No como mi Chevrolet heredado. Tengo que comprarme un coche nuevo. ¡Eso! Jenn, piensa en coches, así te olvidas de Jason… Joder, otra vez. Quiero dormir, lloriqueo y pataleo la cama quedando boca arriba y resoplando. Veo en el techo el reflejo de las luces de los coches danzar con mi ventilador de aspas. Lo enciendo y me tapo a ver si con el fresquito y la suavidad del nórdico me quedo frita como Mary, que desde mi cuarto puedo oír sus ronquidos. Menudos pulmones.

Así no se puede, son las dos de la madrugada, en dos horas tengo que bajar a poner el pan en el horno. Intento, pero no puedo, me pongo la almohada en la cara y grito…, grito de pura frustración. No libero mi mente de Jason, todo él ocupa mi pensamiento, su imagen, su voz, su olor… Ay, Dios qué me está pasando. Resignada me visto y bajo a la pastelería, aún queda hora y media, pero ya ¿para qué? Me coloco la chaquetilla rosa palo con mi nombre bordado en hilo dorado que hizo mi madre para mí y para Mary el día que abrimos nuestro modesto negocio, me recojo el pelo en un despeinado moño. Voy a la nevera y saco la mantequilla para que se temple a temperatura ambiente. Arrastro el saco de harina y pongo en un bol del mismo color que mi chaquetilla la levadura, que disuelvo en agua templada. Preparo la harina y la tamizo para que no se formen grumos. Hace calor, me limpio el sudor procurando no mancharme la cara con la harina, me paso el antebrazo por la frente y, como siempre, aun teniendo cuidado, me maquillo con harina de trigo media cara. Hago la mezcla y amaso…, amaso con fuerza rabiosa, la imagen de Jason sigue ahí. Maldita sea, mis movimientos amasando son cada vez más rápidos, sal de mi puta cabeza, joder ¡La sal, mierda! me he olvidado de poner un poco de sal a la masa, mierda… mierda, a la basura que va. Empiezo de nuevo. Dejo reposar la masa mientras pongo el pan en el horno. Llevo media hora de retraso, oigo la puerta abrirse, Mikel aparece y Mary le sigue despeinada y con una cara que da hasta pena verla.

—En casa no hay ibuprofeno —dice con los ojos entornados y sujetándose la cabeza. No me extraña, aún debe andar medio borracha.

—Qué peste a bareto de quinta. Joder, tías, avisadme para estas cosas.

—Pues nos hubieras venido de perlas. Los tíos con los que salimos… —Hago una mueca de repugnancia—, asco no, lo siguiente, un par de salidos asquerosos.

—Uhm, por cierto ¿cómo llegamos a casa? —pregunta Mary y la miro fijamente.

—¿En serio no te acuerdas?

—No, bueno, sí, sé que se lio. Y un tío monísimo se lio a hostias con tu cita ¿Quién era?

«No lo nombres, joder, que ya me había olvidado», me digo para mis adentros.

—¿Lo conocías? —Abre el grifo del agua, se sirve un buen vaso y se traga dos ibuprofenos de golpe, bebiéndose el agua de un tirón. Me mira.

—¿Yo? No. Ni idea, no lo he visto en mi vida. Y ni pretendo volver a verlo.

—Ah, no…y eso ¿por qué?

—Pues… porque no y punto. Qué más da, un tipo cualquiera.

—Un tipo cualquiera que nos ayudó y nos buscó un taxi.

«Qué jodía se acuerda de lo que le interesa».

—Bueno qué más da, no lo volveremos a ver en la vida.

Mikel se lleva la mano al pecho. Y coge aire a la vez que pone esa estúpida sonrisa y me mira.

—¿Te gustó? Oh, Dios mío un hombre que le mueve la pepitilla a la exprincesa Disney.

Pongo los ojos en blanco.

—Que me va a gustar un tío al que no conozco, estás fatal además, no me gustan los ingleses.

—Sabes que es inglés —espeta Mary mirándome con esa mirada de «te he pillado, tía, te ha gustado el tipo cualquiera».

—Sí, lo deduje por su acento, qué más dará eso.

—Te fijaste en su acento. —Vuelve a mirarme escrutándome.

—Sí y ¿qué? —exclamo cansada que Mary me clave sus ojos en mí, mientras hago triangulitos con la masa y enrolló unos cuántos dándoles la forma de croissants, poniéndolos en una bandeja y pasándoselos a Mikel que sonríe como un tonto, mirándome.

—No me mires así, es un tipo cualquiera, con mucha educación, por cierto —digo con media sonrisa, su recuerdo y su acento asaltan mi oído.

—¿Te gusta?

—¡Qué no!, estás loca… Si no lo conozco de nada.

El Duque acosador

2

Jason

Ya han pasado varios días desde que vi a Jennifer… suspiro. No me la he podido quitar de la cabeza he estado pensando como cruzarme con ella de forma casual, mientras sale de su casa. Pero todo me parece tonto y estúpido, así que, pienso improvisar.

Estoy frente a la pastelería parado como un pasmarote, esperando a que aparezca, llevo aquí dos horas en plan espía parezco idiota. Llevo una gorra y unas gafas de sol puestas por si me reconoce. Aunque a la luz del día dudo que lo haga. Cuando nos vimos era de noche, así que no creo que me reconozca. Estoy cansado, mejor espero un rato más en la pastelería que también es cafetería, me sentaré junto a la ventana para ver si entra o sale por aquí ha de pasar.

Entro.

Me siento en la mesita que está libre y en la que tengo una buena panorámica. Un chico se acerca a mí.

—¿Café? —pregunta.

Me quito la gorra, me atuso el pelo y me quito las gafas, y el chico se queda pálido con la cafetera en la mano y la taza en la otra. —¡Oh, Di-os-mí-ooooo! —exclama—. ¿Jason Stanford?

Debe ser un lector si me ha reconocido.

Le sonrío.

—Sí, gracias —señalo la cafetera con los ojos, él me mira avergonzado y pide disculpas.

Me sirve el café.

—¿Desea algo más? —dice emocionado y casi dando saltitos. Una chica lo llama desde el mostrador. Él se gira y veo a la amiga de Jennifer, ella me mira y entrecierra los ojos mirándome fijamente yo la miro y flipo, la amiga trabaja aquí.

El chico espera mi respuesta.

—Perdona, sí, un cupcake con glaseado de fresa, gracias —digo mirando a una de las estanterías, no me gusta el glaseado de fresa, es lo primero que he visto.

—¡Mikel! —grita la chica desde el mostrador.

—Voy, voy. Ahora mismo le traigo su cupcake —dice caminando para atrás como un cangrejo, emocionado y sonriente.

Cuando llega al mostrador, veo como mueve los labios y le dice algo al oído. Miro por el ventanal. A la espera de ver aparecer a mi princesa.

10

Jenn

¿Qué pasará ahí fuera? estos dos siempre con sus bromitas, ¿de qué se ríen? Me pica la curiosidad, salgo de la cocina y voy junto a esos dos que cuchichean. Al verme salir me sonríen y veo a Mary como eleva el dedo índice y señala hacía una de las mesas junto al ventanal, la miro arrugando la nariz.

—¿Qué pasa?

—Mira, mira… —dice con sorna señalando.

Mierda, me echo al suelo como si estuviesen bombardeando la pastelería. Me agarró a la nevera. Mary se ríe. Mikel, que está al otro lado del mostrador, se inclina por encima y me mira cómico.

—¿Qué haces, loca? —pregunta

—Es él, es él —digo aterrorizada y no sé por qué, no debería afectarme tanto que esté aquí.

—¡No jodas! —exclama Mikel y yo siseo mandándolo a callar.

—¿Qué hace aquí? —susurro.

—¿Es él? —pregunta. Asiento e informa—, pero chochete ¿tú sabes quién es ese tío?

—No, y no me interesa —digo desde el suelo.

—Es Jason Stanford, uno de los escritores de novela romántica erótica del momento, tía…, y duque de Essex. ¿No sabes quién es?

—¡Coño! duque, además de guapo y romántico. duque. Tu sueño hecho realidad, Jenn. Un príncipe y encima este no destiñe.

—Yo no leo, y no estoy puesta en la realeza europea. Y que no destiña…, eso habrá que verlo y no pienso ser yo quién lo averigüe. ¿Qué quiere?, ¿qué hace aquí?

46

—Que va a querer, un café y un cupcake como todo hijo de Dios que entra aquí. ¡Jenn! —grita a posta—, sal de ahí.

—Vete un poquito a la mierda, María Molina Acevedo, la madre que te parió… que te dejes de reír —digo ya en tono cabreado.

Veo a Jason, seguramente alarmado por las risas de mi amiga y de Mikel que no se cortan ni un pelo en hacer saber que estoy escondida ahí. Gateo hasta la cocina y en la puerta me levanto, entonces Mary, que me quiere tanto y yo a ella la empiezo a odiar, grita:

—¡Jennifer, un cupcake para la mesa dos!

Hijadelagranputa…la mato, LA MATO. Me atuso el moño, me coloco la chaquetilla y me miro en el pequeño espejo que tenemos en la pared antes de salir de la cocina, arqueo los labios en una sonrisa nerviosa. Voy hacia una de las neveras del mostrador, saco un cupcake y se lo doy a Mikel dejándome ver, se lo paso.

—Gracias —dice Mikel sonriente, coge el dulce y va su mesa. Se lo deja sobre la mesa al lado de su portátil, él me mira y no veo ninguna mirada de sorpresa en su rostro. No se acuerda de mí…, y aunque debería alegrarme, me entristece y desinfla. Me quedo un rato mirándolo a ver si veo alguna reacción, pero no. Mary me mira y también se sorprende. Cuando me doy por vencida, veo que mi amiga pasa por debajo del mostrador y camina hacia él «¿Qué coño estás haciendo, Mary?». Se planta frente a él con una gran sonrisa, mueve los labios. No oigo lo que dicen. Entablan una pequeña, pero breve, conversación y yo hago como que hago cosas en el mostrador, disimulando y mirando de vez en cuando de refilón.

—¡Jenn! —Hago que no la oigo y sigo a lo mío. —Jenny… —Sigo ignorándola. Mikel me mira.

—Te están llamando…

Lo fulmino con la mirada.

—Cállate —ordeno.

—¡Jennifer!

Dios ¿por qué no me deja en paz? Levanto la mirada y sonrío. Mary me hace aspavientos con los brazos reclamándome. No quiero ir, muero… no, TE MATO, cabrona… Claudico y salgo por el mismo sitio que lo hizo ella hace ya unos largos diez minutos. Está sentada.

—Hola, ¿qué quieres, Mary? estoy un poco ocupada —digo sin mirarlo y ahí están esos ojazos grises mirándome, «por el amor de Dios,

Jennifer, relájate». Me tiemblan las rodillas, en mi estómago las mariposas se han montado una fiesta, no dejan de revolotear y de ir a un lado
a otro. Me sudan las manos y pronto lo harán mis sobacos.

—¿Te acuerdas de Jason? Es el chico del bar.

«No lo mires, no lo mires» Miro y sonrío.

—Ah, sí, ¿qué tal?

Él se levanta, pone una mano en mi cintura, con toda la familiaridad, me da dos besos al puro estilo europeo y me derrito. Mierda, qué
bien huele.

—Qué casualidad encontrarnos aquí, Mary me estaba comentando
que sois las dueñas, por cierto, buenísimo el cupcake.

Asiento nerviosa.

—Sí, hace ya un par de años.

Me mira, me clava su mirada. Es más guapo aún a la luz del día. Veo
como Cupido me mira desde el exterior de la tienda saludándome emocionado, me saluda con su pequeña y torpe manita, me guiña un ojo y
sonríe triunfal. Se saca una flecha de la espalda, apunta con su pequeño
y ridículo arco y dispara, cabrón… Noto como la flecha del amor me
atraviesa el corazón activando en mí sentidos que ya creía perdidos. Se
me activa el sentido de la vista, mirada atontada; le miro como si tuviera delante al príncipe Guillermo de Inglaterra. Se activa el sentido del
olfato rastreador; reconocería su olor a veinte kilómetros de distancia.
Lo hace también el sentido del tacto; quiero tocarlo, acariciarlo hasta
que se le borren todas las pecas de su piel. Cómo no, el sentido del
oído también se activa; sus palabras resuenan en mi tímpano erizándo-
me la piel, activando con él el sentido del gusto por querer saborearlo,
besarle y devorar cada rincón de su piel. ¡Maldita sea! Tengo todos los
síntomas, estoy enferma…, enferma y solo Jason tiene el antídoto clavado en esos carnosos y provocativos labios, no puedo dejar de mirar
su boca, a qué sabrán sus besos. Seguramente a fresa salvaje porque se
está comiendo con gusto el cupcake mientras habla con Mary y yo, yo
soy incapaz de articular palabra, tengo el cuerpo entumecido.

—O no, ¿Jenn…? —oigo a Mary como un murmullo. Me está
hablando, pero no puedo apartar la mirada de Jason que me mira de
reojo. Ha de pensar que soy una puñetera imbécil por la forma en la
que le estoy mirando. No soy dueña ahora mismo de mis sentidos, ellos
van por libre, es lo que tiene cuando tu cupido drogata te flecha. El

veneno del amor tarda unos minutos en asentarse en tu riego sanguíneo y cuando lo hace, llega al corazón. Ay…, cuando llega…, ya no hay salvación. Diagnóstico: Atontada por enamoramiento extremo.

—Ehn, ¿qué decías, Mary? —digo saliendo del trance.

—Decía… que fue muy amable por su parte ayudarnos con aquellos dos capullos ¿No me estabas escuchando? Jenn, ¿qué te pasa?

—Perdonad, pero todavía tengo que terminar un encargo y si no me doy prisa no estará. —Me levanto y Jason se limpia las comisuras de la boca en la que se le ha quedado un poco de glaseado de fresa con una servilleta.

—¿Ya te vas? —me detiene cogiéndome la muñeca y mi cuerpo arde… arde como canta la Pantoja. «Qué maja y que concierto más bonito al que asistí, un recuerdo hermoso que me llevé de España, desde entonces soy fan de Isabel Pantoja», mi corazón se dispara y mis mejillas se encienden.

—Sí, tengo mucho trabajo, muchas gracias por lo que hiciste por nosotras el otro día. Estás invitado, por cierto. En agradecimiento.

—Jenn… —me llama Mary y yo huyo hacia el baño de la trastienda. Me humedezco la mano y me la paso por la nuca, por Dios, estoy atacada de los nervios, necesito un diazepam o me entra un choque anafiláctico de histeria contenida de esos que me entran y la lio. Me lanzo en plancha en brazos de Jason como en esas películas ñoñas de los ochenta.

—Jenn, ¿estás bien? —pregunta Mikel desde el umbral de la puerta del baño, me ha seguido.

—Sí, estoy bien, ¿cómo vas con la tarta del aniversario de los Spencer? ¿Necesitas ayuda? —pregunto y Mikel me mira conmovido.

—Necesitas descansar. Estás muy pálida y es normal, ¿cuánto tiempo llevas sin sentir nada por un hombre?

—¿Qué? ¿Sentir?, ¿yo? Qué tonterías dices, Mikel.

—Jenn, pero ¿qué te pasa? el tío de tus putos sueños está ahí y tú vas y te piras.

—¿El tío de mis qué? estás flipando, Mary. No flipes tanto. Es guapo y atractivo, pero no es para tanto, eh…, no te emociones.

—Que es duque coño, Jenn… Ya se ha ido y te aseguro que mañana vuelve. No veas que mirada te ha echado cuando te has ido. Me he puesto cachonda hasta yo.

49

—Vete a la mierda, Mary, y haz tu trabajo. Se están acabando los macarons, ponte a trabajar —ordeno secándome las manos en la chaquetilla.

Voy hacia el mostrador, una parte de mí a comprobar que ya se ha ido y otra para hacer mi trabajo, me siento decepcionada por haber sucumbido al drogata de cupido. Espero que no vuelva.

11

Jason

Si me pinchan con una aguja de dos metros ahora mismo, no sangro. El esfuerzo que he hecho para que Jenn no note que la he estado buscando ha sido descomunal, me he sentido como un puto adolescente con las hormonas hirviendo, mi polla se ha despertado dos veces, DOS, voy a volverme loco. Me tomo el atrevimiento de acortar su nombre porque todos la llaman así, el esfuerzo porque no notase mi nerviosismo por tenerla a mi lado a escasos treinta centímetros de mí, deleitándome con su perfume mezclado con el dulce olor a azúcar quemada y azahar, me estaba poniendo cardiaco no sé cómo he podido evitar lazarme y comerle la boca ahí mismo. A Dios gracias y a mi hermana por apuntarme a aquellas clases de interpretación para seguir a la chica que le gustaba. ¿Cómo he podido mantener el tipo? Apoyo la cabeza en el asiento del coche me muerdo el labio y sonrío, quiero gritar de pura felicidad. Le gusto, lo sé, lo he visto en su mirada y he podido ver como temblaba. Mañana vuelvo. Vendré todos los días hasta que me atreva a pedirle una cita. O ¿debería hacerme desear?, nah, qué va… todavía no me he ido y ya quiero verla. Llamo a Christian y quedo con él en mi apartamento.

El portero me avisa que Chris ya ha llegado. No tarda, en menos de un minuto ya está entrando con un par de botellas de vino.
—¿Qué celebramos?, principito de tres al cuarto —exclama entrando por la puerta, que cierra con una patada porque lleva las manos ocupadas con las dos botellas de vino gran reserva. Las coloca sobre la

isla de la cocina, mientras yo preparo algo de comer, nada, algo sencillo, salteado de pasta con champiñones y gambas.

—Pásame la sal —pido removiendo la sartén.

Va hacia el estante donde guardo la sal y vuelve a preguntar:

—¿Qué celebramos?

—La he encontrado —digo, pongo una pizca de sal y pruebo.

—¿Has encontrado… el qué?

—A mi princesa, o más bien, dado mi rango, a mi duquesa.

Pone los ojos en blanco, coge dos copas, descorcha la primera botella y sirve.

—Ya estamos otra vez con lo mismo, pero tú ¿cuándo vas a dejar de soñar? ¿Por qué no haces como el resto de los mortales y hombres de nuestra edad…? ¡Ábrete una puta cuenta en Tinder y folla, joder!

Le miro y sonrío.

—Es ella… lo sé… —suspiró. Me extiende mi copa de vino.

—Deja los cuentos de hadas, Jason, al final tu padre va a tener razón. Vives en una jodida nube de algodón de azúcar. Aterriza en la realidad.

Lo ignoro.

—Se llama Jennifer, aunque todos la llaman Jenn, regenta una pastelería que es una cafetería y tiene un culo, joder…

—Ahora hablamos el mismo idioma. Pero ¿sabes que para echar un polvo no necesitas cortejar a nadie y eso…? ¿Sabes en qué siglo estamos?

—Chris, ella no es esa clase de mujer.

—Ah, no. Y ¿cómo lo sabes?

—Lo sé y punto. —Doy un trago a mi copa y emplato la pasta, le doy los cubiertos y su plato.

—A ver, Jason, que hay muchas Sharon por la vida. Y esa no debe ser diferente, eres un escritor reconocido, y además de eso, todo el mundo sabe que eres duque. Para nadie es un secreto —dice tomando de su copa.

Hago una mueca.

—Pues ella no parece saberlo, ni su amiga y socia tampoco. Esas cosas salen. Me hubieran preguntado, aunque el chico que trabaja para ellas sí me reconoció.

—Ahí lo tienes.

—Sí, pero si eso le importara se hubiese sentado conmigo más tiempo y no hubiera huido despavorida.

—Será tímida, Jason. ¡Yo que sé! Ten cuidado, colega —dice enrollando los espaguetis en el tenedor y metiéndoselos en la boca.

—No, estoy seguro, es ella me lo dice esto. —Me señalo el corazón.

—Estas fatal, colega. Y cuéntame cómo la conociste y ¿qué coño hacías tú en una pastelería?

—La conocí el cuatro de julio; después de discutir con mi padre, para variar, me fui a un bar y allí estaba… la cosa se puso fea, unos tíos las estaban acosando a ella y a su amiga, y las ayudé. Me gustó desde el primer momento. Tropecé con ella cuando entraba en el bar, así, en plan peli romántica —Chris me mira poniendo los ojos en blanco. Me ofrecí a llevarlas porque la amiga no estaba muy fina que digamos, ella se negó. Y no sé, tío, cinco minutos después, estaba persiguiendo el taxi.

—¿Qué? —ríe—, ¿la seguiste?

—Sí, como un puto acosador, no podía dejarla escapar ni me dio su número de teléfono.

Chris enarca una ceja y sigue devorando la pasta.

—El duque acosador… quién te viera. —Vuelve a reír abriendo la boca. Me hace señas preguntándome si me voy a comer la pasta y no, se la extiendo. Soy incapaz de tragar nada. Tengo a Jenn atorada en la garganta.

El retorno del Jedi

12

Jenn

Son las diez de la mañana, es viernes y esto está muy tranquilo, no hemos tenido casi clientela, solo la de todos los días y no, Jason no ha vuelto a asomar por aquí. Admito que estoy un poco decepcionada y Mary también, ya no te cuento Mikel; lleva cargando con todos los libros de Jason toda la semana. Me ha dejado uno. Habitualmente no leo, pero Mikel insistió en que leyera este y ¿para qué lo leí? si ya mi pepitilla, como lo llama Mikel, se me movió, leyendo esto he tenido que cambiar las pilas de Don O dos veces en cuatro días. Aunque he de reconocer que estos chismes tienen la vida muy corta o yo le doy mucha caña al aparato. Jazz dice que los consoladores son como los Smartphone, al año hay que cambiarlos porque empiezan a fallar, pero oye, que yo le tengo un cariño a este… que me cuesta desprenderme de él. Estoy colocando los croissants que dejó Mary preparados, porque ella hoy tenía cita con su ginecólogo, de vez en cuando va a hacerle alguna que otra revisión al motor de arranque y cerciorarse que todo funciona correctamente. Es una exagerada, yo creo que llevo sin hacerme una citología desde que nació Ask. No es que lo use mucho tampoco. Termino de colocar los croissants y levantó la mirada y me tropiezo con lo que menos me imaginaba volver a ver en la vida. Izan. La sangre se me espesa al verlo allí plantado delante de mí.

—Hola, Jenn.

—¿Hola? Es lo único que se te ocurre decirme.

Se mueve inquieto.

Me extraña no verle con el casco colgando del brazo. Se pellizca el labio superior con los dedos. Vaya, sigue con esa manía insoportable. Cojo un paño y me pongo a limpiar el mostrador hecha un manojo de nervios. Después de seis putos años ¿Qué cojones hace aquí? Me alegro de que sea día entre semana y que Ask este en el colegio.

—Lo… lo… siento —titubea, suelto el trapo de mala hostia y le clavo la mirada.

—¡Que lo sientes! —exclamo con la voz ronca con unas ganas impetuosas de saltar sobre el mostrador, tirarme a su yugular y arrancarle la vena carótida de un mordisco. Mikel sale raudo de la cocina con las manos llenas de masa aterrorizado.

—Jenn, ¿estás bien? —pregunta.

—¡Estupendamente!

—Jenn, cálmate por favor, necesitamos hablar y en ese estado no es… —me pide Izan al que estoy fusilando.

—¿En qué estado? en el que me dejaste tirada hace seis años, hijo de puta.

—¿Este es Izan? —exclama Mikel contorsionando su cara y mirándolo de arriba abajo—. ¿Este es el cobarde que os abandonó a Ask y a ti? —dice remangándose los puños de la chaquetilla.

Izan le mira sorprendido y más aún a mí. ¿Qué pensaba, que iba a abortar? Porque estoy segura de que no tenía ni idea de que había tenido al bebé, que ahora baila y canta de maravilla y que por desgracia heredó los genes de su padre y la pasión por las motos, aunque quiero pensar que los heredó de mi padre. No creo que sepa que exista, no compartíamos amistades y los que me presentó yo no los volví a ver en todo este tiempo.

—¿Tuviste al bebé? —pregunta arqueando una sonrisa en su cara.

—¡Sí, qué pasa! —Me pongo chula.

Sonríe.

—¿Por qué sonríes? ¡No sonrías! es mi hijo…

—¿Es un niño?

—Sí, joder, lárgate. No te necesitamos, ya no. —Salgo de detrás del mostrador y lo hecho de la pastelería. No veo su Harley—. Lárgate en tu preciosa moto y no vuelvas a aparecer. —Lo empujo y él se resiste a irse. Se gira.

—Jennifer, escúchame. Hablemos, era un niñato. Me acojoné. Tuve miedo… —le interrumpo.

—Anda, este… y yo ¿qué era, una señora mayor? o ¿qué crees, que yo no estaba acojonada? Estaba muerta de miedo, Izan, era prácticamente una niña. Tenía veinte años, joder.

—Lo sé, princesa… fui un imbécil.

«Alto, un momento, ¿me ha llamado princesa? Pero ¿este de que va?»

—No soy tu princesa —aclaro—, hace mucho tiempo además para ser exactos seis años, por cierto ¿Qué quieres, Izan? Si lo que quieres es ver a mi hijo, olvídate, eso no va a ocurrir. Ni siquiera sé qué cojones haces aquí.

—He vuelto por ti, te echo de menos, nena. He pensado en ese día todos estos años y me arrepiento, no sabes cuánto. No debí dejarte como lo hice y créeme, la vida me lo ha cobrado muy caro.

—¿No me digas? Hay una cosa que se llama Karma ¿sabes?

—Lo sé. —Agacha la cabeza incapaz de mirarme metiéndose las manos en los bolsillos. —Dame una oportunidad, ¿sales con alguien?

Lo miro y pongo los ojos en blanco y no me preguntes por qué, pero esto fue lo que dije:

—Sí, y él sí que es un hombre de verdad. ¿Sabes?, un duque, nada más y nada menos.

No sé por qué estoy diciendo esto, pero el estómago se me contrae al pensar en Jason como mi pareja. ¿Qué estoy haciendo? Mierda, menudo marrón. Espero que se asuste y no vuelva por aquí. Por Dios, que Jason no venga.

—Jenn, por favor, por lo menos hablemos. Déjame ver a ¿Ask? Precioso nombre, por cierto.

—Que no, Izan. Lárgate y no me toques. —Izan me coge por la cintura e intento zafarme cuando de repente… maldita sea mi suerte.

—¡Eh! ¿no oyes a la señorita? te ha dicho que la sueltes. —Jason… acaba de llegar y como si se oliera que estoy en problemas, aparece en el momento más inoportuno.

Lo empuja y yo me pongo a modo de barrera frente a él y digo con una vergüenza que hace que se monte un nudo en la garganta:

—Jason, cariño… —Me mira descolocado, miro a Izan haciéndole saber que es el hombre del que le estaba hablando y le susurro—; Sígueme la corriente por tu madre. —Jason me mira y me agarra por la cintura—. Tranquilo, amor, él es Izan. El papá de mi hijo, Ask.

Puedo ver como Jason se descoloca, enseguida se recompone. Izan nos mira. Y se pone tieso como si llevara un palo en el culo y mira a Jason con desprecio. El momento es tenso, se puede cortar con motosierra. Mary aparece de la nada.

—¿Qué es lo que está pasando aquí? —Mira como Jason y yo nos abrazamos y luego mira a Izan.

—¡Coño! Y ¿este de dónde ha salido?

—Yo también me alegro de verte, Mary.

—No me digas…, porque yo a ti no, ¿qué haces aquí, tío?, ¿no te da vergüenza después de tantos años?

Jason sigue agarrándome por la cintura como si de verdad fuera su novia y yo me estoy muriendo de la vergüenza, trágame tierra y escúpeme lo más lejos del sistema solar, qué digo, escúpeme en un agujero negro y piérdeme en el universo.

—Vamos, Mary…, este es un asunto entre yo y la madre de mi hijo.

«Será sin vergüenza». El tono que usa o que pretende usar me suena a: Eh, soy un macho alfa y estoy a punto de mear en cada esquina para marcar territorio.

—A ver, Izan, que te quede claro que tú y yo no tenemos nada de qué hablar. En el momento que cogiste tu moto y te largaste como alma que lleva el diablo abandonándome como a una perra vieja, literalmente, en aquella gasolinera, perdiste cualquier derecho u oportunidad para encauzar tu cagada. —Suelto a Jason que ha abierto los ojos como platos y vuelto a entrecerrar con cierto aire mosqueado. Fulminando a Izan.

—Eso es de muy poco hombre —escupe Jason.

—Tú te callas, señoritingo inglés. —Le señala con el dedo.

—¿Perdón? Yo no te he faltado al respeto en ningún momento.

—No, que va… me has quitado a mi novia.

—Oy, oy, oy, te pasas… Yo, ¿tú que…? perdona, pero no, eh, bonito. Mira, vete de una vez y no vuelvas.

—Me voy, pero pienso volver. Me oyes, princesa.

Como vuelva a llamarme princesa le voy a soplar una hostiaaa…

13

Jason

¿Jenn tiene un hijo? Es madre soltera y ese macarra es el padre de la criatura.

La observo desde la mesa junto a la ventana, está hablando con Mary, gesticula con rabia y se rasca la frente. Parece estresada. Cuanto daría por quitarle ese estrés.

¿Ha dicho que soy su pareja? Mola… Aunque por lo que deduzco lo hizo para poner celoso al macarra. El chico del otro día le pasa una taza con té, seguramente será de tila, porque es obvio que ese macarra la ha puesto nerviosa. Ya he repetido macarra tres veces. Mierda, estoy celoso.

14

Jenn

Mikel me ha preparado una taza de té de tila y lamento decir que ni mil tazas de tila me van a aplacar los nervios. Me tiemblan las piernas. Me sudan las manos. Un nudo se me ha acomodado en la garganta. Quiero llorar. Quiero gritar. Quiero morirme, le he dicho a Izan que Jason es mi pareja, ¿pero en que narices estaba pensando? Qué vergüenza… Le debo una explicación, lo miro. Él no ha dejado de mirarme desde que se sentó en la mesa, volteo mi cara y miro a Mary.

—Ve a hablar con él, tía. Le has dicho a Izan que es tu pareja.

—Ya lo sé. No me lo recuerdes.

—¿Por qué lo has hecho?

—Yo que sé, ¿para quitármelo de encima?

—¿A quién a Izan o Jason? —me pregunta Mikel.

—A Izan, pregunta tonta —dice Mary.

—Y ¿qué le digo?

—Lo que se te ocurra, pero dile algo.

—Qué vergüenza… —suspiró y enfilo hacia la mesa donde está sentado, disimula mirando hacia la ventana. Mikel me sigue con un café y un cupcake para Jason.

—Cortesía de la casa —digo—. Por lo de antes.

No dice nada, solo sonríe.

—No debí decirle a Izan que eras mi pareja, creo que te he metido en un pequeño lío. Lo siento.

—No pasa nada, si has conseguido alejarlo de ti y de tu ¿hijo? Mejor, no tiene pinta de ser un buen padre.

—No, no lo es. Ni es su padre.

—¿Cómo?

—Bueno sí, a ver, es su padre biológico. Pero nada más.

—Creo que no te entiendo —dice y me mira y mis mariposas revolotean. Trago saliva y le pido a Mikel, que sigue aquí parado sonriendo como un idiota, que me traiga un café.

—¿Un café?, ¿estás segura?

Lo miro y lo fulmino.

—Voy a por ese café. No se diga más.

Se da la vuelta y da unos pasos hacía el mostrador, veo que Mary ya está poniendo el café en la taza…; en mi taza de Disney, la que me mandó muy amablemente algún idiota tras recibir mi reclamación.

Mikel llega con el café. No soy capaz de decir una palabra. Jason está a la espera de mi argumento.

—Verás —doy un sorbo al café que me abrasa la lengua, pero me da igual. Cuanto antes acabe con esto, mejor—, Izan…, es el padre de mi hijo, Ask. Tiene cinco años. Él nos abandonó cuando apenas tenía tres meses de embarazo. Quería que abortara, pero yo me negué. Así que me abandonó un día de vuelta de una excursión a las cataratas del Niagara en una gasolinera a las tantas de la madrugada.

—¡Qué cabrón! —exclama—. No entiendo que haya hombres que hagan esas cosas. Tienes razón de ponerte así…Qué poca vergüenza, si lo llego a saber antes, le parto la cara ahí mismo —dice, me deja atónita y mi corazón palpita a mil por hora. Su expresión de enfado me hace verlo aún más guapo y sexy de lo que ya es.

—Ya, bueno, pero eso ya pasó y no quiero volver a saber nada más de él —consigo decir.

Él piensa y se rasca la barbilla.

—No creo que se haya dado por vencido.

—Yo no creo que vuelva —digo mientras doy otro sorbo al café.

—¿Eres fan de Disney? —dice con media sonrisa.

—Uy, no, no…, es decir lo era, pero ya no. Les puse… nada, déjalo. Es una tontería.

Jason hace una mueca con la boca y sonríe.

—Volviendo al tema de tu ex.

No sé qué pretende, pero empieza a inquietarme ese interés en Izan y en mi pasado.

—No me importaría hacerme pasar por tu pareja si así tú crees que vas a quitártelo de encima.

—No, no, no. Yo no puedo pedirte algo así, Dios mío que, vergüenza, eso es una locura.

—Ninguna locura —dice convencido.

—Sí, sí lo es…, es una estúpida y loca tontería sin sentido —digo de boca para afuera, de boca para adentro el castillo de Disney con sus fuegos artificiales ha aparecido de la nada como si esta historia fuera a convertirse en una película y no me da la gana. Me muero de ganas, pero no así.

—Hazme caso. Organizas una cena con tu ex, Ask ¿has dicho que se llama tu hijo?

—Sí —digo atónita.

—…y conmigo. Le haces entender que aquí no tiene nada que hacer. Ese tipo de tíos huyen de las responsabilidades

—Yo creo que no, Jason —dice Mary que se acerca a nosotros—. Izan es un capullo al que le encantan los retos; si ahora vais y le mentís que sois pareja, se lo va a tomar tan, pero tan en serio que no descansará hasta ver a Jenn sola y dispuesta para que le vuelvan a partir el corazón.

—Exacto —digo y me termino el café.

Jason nos mira incrédulo y escupe:

—Si al tal Izan le gustan los retos, pues juguemos.

15

Jason

Después de convencer a Jenn para que siguiera mi plan, que me costó lo mío, me voy a casa de mi hermana. Necesito contarle nuestro plan, bueno…, mi plan. Porque esto no es más que una estúpida y triste excusa para meterme en la vida de Jenn.

Subo las escaleras de su edificio. El ascensor está estropeado desde que se mudó aquí y ya lleva aquí un par de años largos. Siempre se queja que casi nunca vengo a verla, pero creo que tengo una excusa más que merecida por tener que subir los seis pisos a pie. Desde que llamo al telefonillo hasta que llego hasta su piso pueden pasar más de quince minutos ya tengo suficiente con el cardio que hago en el gimnasio.

—En serio, sister, es hora de que te vayas mudando de piso. Te juro que si lo que te tengo que venir a contar no fuera tan importante. No vengo ni de coña.

—Como te gusta exagerar… son solo unos cuantos escalones, Jason, no seas dramático.

—¿Unos cuántos escalones? Mira déjalo. Voy a recuperar el oxígeno que he dejado en tus escaleras y luego hablamos.

—¿Agua?

—Por favor…

Me tiro en el sofá vintage de mi hermana a la que le apasiona todo lo que tenga que ver con los años cincuenta.

Se acerca con el vaso de agua, me lo tiende, me incorporo y me lo bebo haciendo ruido al tragar.

—¿No puedes beber sin hacer ruido, Jason?, qué manía más asquerosa —dice y se sienta a mi lado—. A ver, cuéntame eso que te tiene tan emocionado, que me tienes en ascuas.

Dejo el vaso sobre la mesa y sonrío humedeciéndome los labios.

—He conocido a una chica —digo y mi hermana abre los ojos de sorpresa.

—¿No me digas?, espero que no sea otra Sharon, porque, en serio, tendrías que mirarte esa mala maña para conseguir novia, brother.

—No, no es como ella. No le llega ni a los talones; ella es mucho más mujer que Sharon, te lo aseguro. Te gustará.

—Ya me creaste intriga, empieza a cantar.

—Se llama Jennifer, aunque todos le dicen Jenn, la conocí el día que me fui de casa tras discutir con papá.

—… ¿Cuál de ellos? —interrumpe.

—El último día.

—Ah, vale. Sigue.

—Bueno, la cuestión es que me fui a un bar a tomar una copa y allí estaba con unos tíos que dejaban mucho que desear. La cosa se lio, ella y su amiga se metieron en un problema.

—…Y llegó el duque a salvar a la princesa en apuros.

—No me interrumpas.

Mi hermana levanta los brazos.

—Las ayudé a buscar un taxi y bueno…, la seguí hasta su casa.

—Espera… ¿que la seguiste hasta su casa?

—No me malinterpretes. Nos presentamos y ella no me dio su teléfono ni yo el mío porque me había quedado alelado y no reaccioné.

—No has llegado a pensar que igual ella no quería darte su número. La miro. Igual tiene razón.

—No podía dejarla escapar, Dakota, es el amor de mi vida.

—Y eso lo has deducido en…

—En que lo es y punto.

—Estas fatal, brother —dice levantándose mientras se recoge el pelo en un moño mal hecho.

—Dakota, sé que es ella, me lo dice esto —me señalo el corazón.

—Mas bien Walt Disney, de verdad, Jason. Pon los pies en la puta tierra, joder, al final papá va a tener razón.

Su comentario no me gusta. Me quiero enfadar con ella. Frunzo el ceño.

64

—¿Tú también?

—Yo también, no, Jason, tienes que reconocer que últimamente, desde lo que pasó con Sharon, estás dando más tumbos de los que ya dabas. Si no fuera por la herencia que te dejó el abuelo estarías viviendo debajo de un puente.

—Me va bien con los libros.

—No sé, Jason, el último…

—El último, ¿qué?

—Qué, joder, que parece que no superas lo de Sharon y me da la ligera sensación que te estás enchochando de esta tal Jennifer, por sacarte a la víbora de la patata.

—¿Qué?

—No te hagas el tonto, Sharon fue tu primera novia, de la que te enamoraste como un auténtico idiota. Si hasta estabas a punto de casarte con ella después de haberla pillado follándose a su profesor de yoga, joder.

—Pero no lo hice.

—Gracias a Dios.

Miro a mi hermana con reproche. Ella me mira y tras unos segundos de silencio, me voy. No quiero discutir con ella. Yo no sigo enamorado de Sharon, lo que esa bruja y yo tuvimos fue un hechizo que, por fortuna, se disipó en cuanto la vi cabalgando encima de aquel tío. Jennifer es diferente. Es una locura, apenas la conozco, lo sé, mi hermana puede tener razón, pero hay algo en ella que me dice que es la correcta. Y pienso ayudarla a deshacerse de ese macarra, convertirla en mi esposa y ser el padre de su hijo.

Necesito un papá

16

Jenn

No está siendo un buen día. No sé qué le está pasando a Ask, me ha costado un mundo lograr que se levantase de la cama. Me ha puesto mil excusas: que tiene fiebre, que le duele la panchita, que le duele el dedo pequeño del pie... no ha colado ni una y con una resignación aplastante, se ha levantado de la cama.

—No quiero ir al cole, mami —dice delante del bol de cereales mareándolos, mientras yo apuro mi café metiéndome una tostada en la boca.

Descolocada por lo que me acaba de soltar mi pequeño dolor de panza, él, que le encanta la escuela, que es el primero en levantarse, ¿no quiere ir? Uy, aquí pasa algo...

—Ask, cariño, ¿estás bien?

—Ya te dije, mami, me duele la cabeza, la panza, el dedo del pie, estoy hecho un desastre.

Da un salto del taburete y se pone a saltar a pata coja por toda la cocina. Sonrío por la ingeniosidad de mi hijo. Le cojo y le elevo sentándolo en la isla de la cocina.

—A ver, colega, si te ha ocurrido algo en el colegio, dímelo y hablaré con la señorita Alice o secuestraré al niño que se haya metido contigo y lo torturaré.

Mi hijo frunce el ceño y exclama:

—¡Qué no, no quiero ir y punto! —La cara se le enrojece y rompe a llorar, y yo respiro intentando no perder los nervios. Le ordeno que coja su mochila de Bob Esponja, baje y se suba en el coche. Le sigo. Abro la puerta y lo siento en su silla de seguridad. Ha dejado de llorar, pero parece un pez globo con los cachetes inflados por el enfado.

Ask tamborilea los dedos en el cristal de la ventanilla a sabiendas que eso me molesta, tiene la cara pegada al cristal. Subo el volumen de la radio.

—Eres tonta por eso papi nos abandonó —grita por encima de Miracle de Chvrches, mi canción favorita; no puedo dejar de escuchar esa canción y la llevo en bucle a todas partes. Freno en seco en el semáforo que acaba de ponerse en rojo haciendo que el pequeño cuerpecito de Ask se impulse hacia adelante, menos mal que lleva el cinturón, se asusta y abre los ojos como platos, aterrorizado.

—¿Qué has dicho?

Ask hace un puchero, sus ojitos avellana se han encharcados con lágrimas de culpabilidad, sabe que no tenía que haber dicho eso. Vuelvo a preguntarle y aún asustado, me mira llorando. Respiro hondo a la espera de una respuesta.

—Perdón —masculla.

No sé a qué ha venido eso. No quiero darle más importancia, es un niño de cinco años que no sabe, ni conoce, lo que dice. Vuelvo a coger el volante. El semáforo hace rato que se ha puesto en verde y una fila de coches empiezan a tocar el claxon y lanzándome algún que otro insulto al pasar por mi lado.

—No vuelvas a decir eso.

—Lo siento, mami.

Cuando llegamos a la puerta del colegio, Ask sale disparado, no me ha dado tiempo a despedirme de él, la señorita Alice me saluda.

—Buenos días, Jenn.

—Buenos días, Alice —saludo y la miro insegura. —Perdona, pero ¿has notado a Ask algo raro últimamente?

Alice, me mira y me pone una mano en el hombro como si se me acabara de morir algún pariente.

—Jenn, entiendo tu situación, he hablado con Ask respecto a lo de no tener papá, el otro día tuvimos una exposición de los trabajos de sus papás y bueno… supongo que Ask se sintió triste al no poder traer al suyo.

—No tenía ni idea, Ask no me dijo nada.

—Entiendo, Jenn. No te preocupes, estas cosas pasan.

Ask me ha omitido lo de esa exposición. Siento como se me encoge el estómago al imaginar a mi pobre niño allí rodeado de niños con sus papás. Dios… puto Izan. No puedo odiarlo más.

17

Jason

Jenn parece preocupada, me ha saludado casi sin ganas. Mikel me trae mi café y cupcake de glaseado de fresa y la cosa es que no me gusta ese glaseado, me recuerda a Sharon. Lo odio.

—Mikel, por favor, puedes cambiarme el cupcake por un croissant.

—Sí, claro.

—¿Jenn está bien? —pregunto y él resopla.

—No, no lo está. Tiene problemas con Ask.

—¿Sí?, no me digas.

—Sí, bueno… , te dejo, voy a atender a esa mesa, ahora te traigo el croissant.

—Sí, claro. Gracias. —Señalo el café.

Tiene problemas con su hijo, pero ¿qué problemas puede dar un niño de cinco años? Es extraño, pero me preocupa. La miro, está colocando unas porciones de tarta en una de las vitrinas y veo como Mary le pasa la mano por el hombro. Tiene los ojos brillantes de humedad. Quiere llorar. Me levanto sin pensarlo, preocupado.

—Ey, Jenn, ¿estás bien?

Ella me clava su mirada.

—No. —Llora y yo sin pensar me meto en la barra para abrazarla.

Ella llora sobre mi regazo desconsolada y la dejo que se desahogue. Al cabo de unos segundos ella levanta la mirada y la enreda con la mía, su expresión es de tristeza, se me cala muy adentro en el alma. Se me hace un nudo en el estómago al sentir su fragilidad.

—Lo siento, te he llenado la camisa de lágrimas.

—No pasa nada, ¿tienes algún sitio donde podamos hablar tranquilamente y me cuentas qué hace que esos ojos tan hermosos se llenen de tristeza?

—Lo mejor sería que te fueras a casa, Jenn, yo me ocupo de todo. Tómate el día libre, cariño —dice Mary acercándose a nosotros.

—No, no puedo, se me pasará.

—No es una pregunta, princesita, es una orden —sentencia mi amiga y me río.

—Voy por mí portátil y te acompaño.

—No, no hace falta, vivo aquí mismo, arriba —señala.

«Lo sé»

El teléfono de Jenn suena, se lo saca de los bolsillos de atrás de sus vaqueros. No puedo evitar mirarle el culo, joder, se me hace la boca agua. «Mierda, contrólate, Jason»

—Sí, ahora mismo voy —dice y coge las llaves de su coche que están al lado de la caja.

—Tengo que irme —dice apurada—, gracias, Jason, luego hablamos.

Y se va dejándome tras la barra sin saber y sin decir qué es lo que le ha pasado, hasta Mary me mira descolocada. Veo que Mary apunta algo en un papelito. Me lo da,

—Toma su número. Me va a matar por esto, pero sé que aún no te lo ha dado.

Lo cojo intentando no saltar de alegría y conteniéndome a no darle una serie de besos a Mary por el regalo que me acaba de hacer.

18

Jenn

—¿Qué ocurre, Alice?

La profesora de Ask me recibe fuera del despacho del director.

—Pasa, Jenn, te estábamos esperando.

Sin saber qué pasa, entro en el despacho y veo a mi dolor de panza sentado en una silla junto a otro niño que tiene el labio partido. Miro al director, seguido a Alice y a dos personas más que están allí, al parecer son los padres del niño del labio partido.

—Buenas tardes, Jenn. Siéntate, por favor. —Miro a Ask que solloza sin mirarme y sin apartar la vista del suelo—. Te hemos llamado porque Ask ha tenido un pequeño enfrentamiento con Curtis —me señala al niño.

—¿Pequeño? ¡Vamos, Steve! le ha partido el labio a mi niño.

—¡Ask! —exclamo horrorizada.

Ask rompe a llorar.

—Creo que deberías enseñarle un poquito de modales a tu pequeño demonio.

Miro a la señora que tengo delante con ganas de graparle la boca con la grapadora que tengo a un lado, en lugar de eso respiro e imagino mi punto zen.

—Por favor, Lidia, déjame a mí, ¿quieres? —interrumpe el director y sigue—. Cómo comprenderás, no podemos tolerar este tipo de comportamientos y mucho menos en niños de su edad.

Me hierve la sangre, miro a Ask preguntándole con la mirada qué es lo que ha pasado, él contesta entre sollozo y sollozo.

—Me llamó tonto por no tener papá.

Si antes me hervía la sangre ahora mismo soy un volcán a punto de erupcionar.

—¿Perdón?

El niño se traga la risa y la madre le da un codazo. El padre, aunque está ahí de cuerpo presente, porque el hombre no ha dicho ni una palabra, se pone rojo y se esconde tras la mujer que, por lo que se ve, es la que lleva los pantalones en su casa. Me levanto y agarro a mi hijo del brazo.

—Pues yo creo que esto tampoco se puede tolerar, ¿es mi hijo tonto por no tener un padre calzonazos como ese? —señalo y la mujer abre la boca espantada —prefiero que mi hijo no tenga padre a tenerlo solo como decoración navideña o como una puñetera mascota.

—¡Oiga, no te tolero…!

—Yo sí que no tolero a gente como usted, que por ser madre soltera mi hijo tenga que ser un demonio, ¡señora! barra su casa antes de venir a pasar el dedo por la mía, ¿estamos?

Salgo del despacho acalorada e indignada. Cómo se atreven a juzgar a mi hijo por no tener padre.

Cuando regreso a la pastelería siento a Ask en una de las mesas y les cuento a los chicos lo ocurrido en la escuela. Él ya no está y eso me decepciona.

19

Jason

—¿Qué es lo que le habrá pasado para que saliese así a toda prisa? Tecleo su número en mi teléfono para guardarlo entre mis contactos. Quiero mandarle un mensaje para saber cómo está, pero no me atrevo. Voy a la nevera y cojo una botella de vino. Cojo una copa de unos de los estantes y me sirvo una buena copa. Tocan a la puerta.

—¿Qué pasa, principito? Vengo a sacarte de marcha.

—No tengo ganas, Chris, hay otras cosas que me preocupan —digo y bebo de mi copa mientras Christian se sirve una.

—Esas cosas, ¿no se llamaran Jennifer?

Asiento.

—Y ¿qué tal te va, por cierto?, ¿ya has conseguido una cita?

—No, aún no —digo con un gesto de pena.

—Y ¿a qué esperas?

—No lo sé, supongo que aún no he encontrado el momento.

—No te me vayas a poner moñas…, así de caballero medieval, que nos conocemos, ¿por qué no salimos un rato? te despejas y ya mañana piensas. No tienes muy buena cara.

—No, la verdad es que no, hoy le ha pasado algo y no he podido saber qué es lo que la tenía tan preocupada.

—Espera…, pero ¿ya hablas con ella?

—Si estuvieras más atento a mis llamadas y me acompañaras. Ya la hubieses conocido a ella y a su amiga, que por cierto esta soltera y es de las que te gustan.

—Haber empezado por ahí, capullo, y ¿cómo dices que se llama la amiga?

—Eres tremendo. Se llama María, Mary la llaman.

—Mary… ha de estar buena, si tú me la recomiendas.

Agito la cabeza por los comentarios de mi amigo, no tengo ganas de salir pero lo necesito, y tiene razón, despejar mi cabeza me vendrá bien.

20

Jenn

Cerramos y subimos a casa. Le doy de cenar a Ask y Mary lo acuesta, mientras yo descorcho una botella de vino tinto. Es viernes y Mikel no quiere irse a casa. Phil aún vive con él, rompieron hace un año, pero el tío no se va. Se excusa de que no encuentra apartamento. Con la poca vergüenza se atreve a llevar a sus ligues a la casa y hoy es un día de esos.

—Deberías recoger sus cosas ponerlas en la puta puerta y cambiar la cerradura y que le den, Mikel, no puedes vivir así —digo mientras lleno su copa.

—Creo que aún tiene esperanzas —dice Mary cogiendo su copa y se va a poner un poco de música al equipo y se enciende un cigarrillo.

Mikel no se defiende. Lo miro perpleja.

—¿En serio, Mikel? ¿Después de un año y de lo que te está haciendo?

—Ocho meses, tres días y dos horas.

—Joder, lleva la cuenta y todo —dice Mary atragantándose con el humo del cigarrillo.

—Mira que eres moñas, Mikel —digo rellenándole la copa—, cariño, deshazte de Phil, él no quiere lo mismo que tú y te lo ha demostrado.

—Ay, niñas, si fuera tan fácil.

—Cielo, tú lo que necesitas es echar un polvo o comprarte un Don O, como aquí la amiga.

—Que no, que yo no quiero solo sexo. Yo lo que quiero es amor —suspira y bebe de su copa.

Me rio.

—Cielo, lamento bajarte de esa nube donde estas subido, pero…, el amor no existe, eso es una patraña que se inventó un viejo decrepito hace ya muchos años, el cual se forró con la inocencia de niños y niñas como tú y yo.

—Ya estamos con el Walt Disney de las pelotas —dice Mary poniendo los ojos en blanco.

—Algún día me darán la razón, ya verás, pienso recurrir al supremo y que se dejen ya de engañar a niñas incautas —digo.

—Lo que tú digas… —bufa Mary y se sirve otra copa—, echa un maldito polvo, Mikel, y déjate de tontadas.

—Mary, yo no quiero sexo, ya te lo he dicho, el sexo es efímero, el amor es eterno.

—Voy a vomitar —anuncio asqueada por el comentario.

—Tu cállate, Jenn, que estás coladita por el duque o ¿te crees que no me he dado cuenta?

—¿Yo? Será mentirosa.

Veo como Mikel asiente y las mejillas se me encienden.

—Sí, sí, le miras con esos ojitos de princesita esperando en su balcón lleno de rosas y pajaritos revoloteando por encima de su cabeza —se mofa de mí, Mary.

—Eres tonta, a ver, me gusta…, y antes que os emocionéis, me pone cachonda, no es otra cosa más allá de lo carnal.

—Sí, ya… por eso le dijiste a Izan que Jason era tu novio.

—¡Yo que sé! me salió por salir.

—Por salir no, porque es lo que quieres, Jenn, no te resistas y déjate llevar por la ola del amor —dicen ambos canturreado.

—¡Oye! y si salimos de fiesta —dice Mikel.

Me emociono, pero recuerdo que tengo a Ask este fin de semana, Barbs va a ir con la Bisa a un spa que les ha tocado en un sorteo del supermercado.

—Yo no puedo, y Ask ¿con quién lo dejo?

Y como si me hubiesen oído por alguna parte, a las diez de la noche tocan la puerta de casa, es Jazz, mi hermana. Abro e intento mantener el equilibrio, mi riego sanguíneo no es sangre, es vino de la Rioja.

—¡La ladrona de Wifi! —exclamo y me tapo la boca acordándome que tengo un niño de cinco años durmiendo.

—¿Estás borracha, Jenn?

—¿Yo? Un poquito —rio.

Mi hermana agita la cabeza.

—Qué ejemplos me das, menuda hermana mayor tengo… anda mira, si está aquí Mikel.

—Hola —dice él a lo Pocahontas.

—Y ¿Mary? —pregunta Jazz.

—Tu amor platónico está en el baño preparándose. Van a salir —anuncio y mi hermana se sonroja.

—¿Qué cosas dices, Jenn? Mary no es mi amor platónico.

—Anda que no —digo hipando.

—Y tú, ¿por qué no vas?

—Porque tengo un hijo…

—Bueno, pues ya la tita Jazz, está aquí. Tú ve a prepararte y sal a torear, hija, y a Don O dale un descanso esta noche.

La miro y no me cuesta decir que no. Enfilo a mi habitación y rebusco en mi armario algún trapito que ponerme. Dudo y voy a ver a Mary y saber qué es lo que lleva puesto para no meter la pata y ponerme unos vaqueros y una triste camiseta.

—¿Vas a salir así? —pregunto al verla con un vestido súper mini y unos taconazos de infarto—. Jazz está aquí, se va a quedar con Ask.

—O sea ¿qué vienes?

—¿No quieres?

—¿Como no voy a querer? ¡Claro que quiero! Lo necesitas con urgencia —dice y pone su mano entre mis muslos.

—¡Quita coño! Serás salida…—digo agitando la cabeza por la espontaneidad de mi amiga —Vale, voy a vestirme —anuncio y Mary me sigue tras bañarse en amor amor de Cacharel

—Espera, te acompaño, que conociéndote te me vas a poner el cartel SOY MADRE NO TE ACERQUES A MÍ.

—Yo no me visto así.

—No ni ná, anda tira…, tira.

Pasamos por el comedor donde Jazz y Mikel están hablando, mi hermana se levanta al ver a Mary, roja como un tomate, parece una adolescente.

—Hola, Mary… —saluda mi hermana y yo me trago la risa.

—Ey, Jazz ¿qué tal?, ¿cómo estás?

—Bien. Pasaba por aquí… vi la luz encendida.

—…Y decidiste subir a robarme el Wifi —digo y me rio. Me gusta chinchar a mi hermana.

—¡Que yo no te robo el Wifi, pesada!

—Anda que no.

—¿Tú quieres salir? —pregunta Mary sabiendo que si chincho mucho a mi hermana coge la puerta y se va y yo me quedo sin salir.

—Sí.

—Pues cállate y tira para la habitación a cambiarte. Enseguida estamos, Mikel.

—A mí me da igual, pero recordad que yo también tengo que cambiarme de ropa y hay que pasar por mi piso.

Entramos en mi habitación y Mary saca el vestido. Es un trozo de tela roja a espalda descubierta que poco deja a la imaginación y que me obliga a no llevar sujetador. Intento negarme a ponerme eso y correteo por toda la habitación en pelota picada solo con el tanga de hilo con Mary detrás de mí intentando acertar para ponérmelo. Al final me rindo y me dejo vestir, los tacones son sandalias y recuerdo haberme hostiado con ellos y haberlos desterrado al fondo del armario, no sé cómo los ha encontrado. Me los pone y dice en español:

—¡Ea! Apañá —Me mira orgullosa y yo la fulmino con la mirada y los brazos cruzados.

—Como me la pegue con estos zapatos, te enteras… —amenazo.

—Nada, yo te sujeto.

21

Jason

Entramos en la disco, está abarrotada de gente que conozco y que gracias a Dios, no son de mi círculo social, si no del de Sharon. Yo no tengo muchos amigos a excepción de Christian, que es el único que tengo. Nos vamos a la barra y pedimos un par de copas. No estoy a gusto, la gente me mira mal, y es normal, son del equipo Sharon.

La camarera me mira con un brillo en los ojos que me abruma. Me habrá reconocido, veo que se aparta y entra por una puerta que debe ser el almacén donde guardan las bebidas. Miro a mi alrededor, me doy la vuelta en la barra y me apoyo con los codos sujetando mi copa.

Christian está hablando con unas chicas que no dejan de mirarme. A veces estas cosas me molestan. Soy consciente de mi status social, sé que estoy por encima de muchos hombres que están aquí; soy atractivo y llevo la etiqueta de duque que es lo que más me pesa.

La camarera regresa y llama mi atención dándome un toquecito en el hombro. Me giro y veo que lleva mi último libro en las manos y me pide que se lo firme y nos hagamos un selfi. Lo hago encantado. Le doy dos besos y nos invita a la consumición. Yo, que no me gustan esos tratos, al negarse a que le pague, se lo pongo en la propina.

—Ey, Duque, estas pibas quieren conocerte.

—Sabes que estas cosas me incomodan.

—Venga, tío, que la rubia esta de muerte. No me jodas la noche, tío.

Claudico y nos presentamos. Cuando, de repente, un sentido se me activa: el del olfato. «He olido ese perfume antes», pienso. Jenn está aquí, la veo, la veo. Dios se me va a salir el corazón del pecho, las rodillas me tiemblan y me he debido de quedar pálido porque Christian se asusta.

—Jason, ¿estás bien?

—Ella…, ella —balbuceo.

—¿Qué dices, tío? No te entiendo.

—Que ella está aquí —la señalo.

—¿Esa es Jenn? —dice Chris sorprendido —y la que está al lado es su amiga, supongo.

Asiento incapaz de articular palabra e intentando no perderla de vista. Le arrastro ignorando a las otras chicas y sigo a Jenn. Cuando la alcanzo, la cojo de la cintura, ella se sobresalta y a mí se me pone dura al sentir el tacto de su cintura entre mis manos.

—Jason…, joder, casi te doy un guantazo.

Sonrío y la miro como un idiota, esta preciosa ese vestido… joder, cómo le sienta.

—Perdona, te he visto y con tanta gente de por medio tenía que echarte el guante, para no perderte de vista.

—¿Qué, no me presentas? —pregunta Chris.

—Ah, sí, perdona; él es Christian Füller, mi amigo.

Mary se gira.

—¡Anda, el duque! —exclama.

—Y ella es Mary, su amiga.

Mary se acerca a Chris y le da dos besos.

—¿Tú también eres duque? —bromea.

—No, yo soy el bufón.

Mary se ríe escandalosamente y Jenn y Mikel se miran, sorprendidos.

—Él es Mikel —digo y mi amigo le extiende la mano sin quitar los ojos de encima a Mary.

—Encantado —dice y pregunta a Mary —. ¿europea?

—Soy española, de La Rioja —dice orgullosa y Christian se pone a hablar español, el medio alemán medio y medio español, un chucho con pedigrí, como dice él.

—¡De La Rioja!, ¿no me digas? Yo de Sevilla.

—¡No me jodas! —exclama Mary y Christian la mira embobado.

—Sí, y alemán por eso el apellido —dice Chris ¿nervioso? No me lo creo Cupido acaba de hacer de las suyas.

—Ya decía yo que muy español el apellido no es.

Nos sentamos todos juntos en una mesa. Pedimos Champagne y tequila.

—Yo no sé si aguantaré todo esto —dice Jenn.

—Bueno…, si no puedes dímelo y te pido otra cosa.

—No, no, esto está bien.

Nos quedamos en silencio. Mary y Christian hacen buenas migas, no dejan de reírse y hablar. Mikel ha ligado y se ha pirado. Jenn y yo parecemos idiotas.

—¡Oye! —decimos a la vez y nos reímos.

—Perdón, empieza tú.

—No, tú ¿qué ibas a decir? —pregunta Jenn llevándose detrás de la oreja un mechón de su largo pelo negro y ese movimiento me parece hipnótico, muero por hundir mis dedos en ese pelo largo y sedoso.

—No, nada, igual me meto donde no me importa, pero hoy te he visto un poco preocupada y no sé, te fuiste tan rápido.

—Sí, perdona, un pequeño incidente en la escuela de mi hijo. Nada con importancia.

Asiento.

—Respecto a nuestro plan, deberíamos hablar de eso.

—No creo que haga falta, de verdad, ya han pasado varios días y ni se ha asomado, de verdad, Jason, gracias, pero no creo…

—¿Jenn? —oigo que la llaman a nuestra espalda. —¿Qué haces aquí?

«¿Qué coño hace este tío aquí?»

22

Jenn

Es una puta broma, ¿verdad? No me lo puedo creer, ¿qué hace Izan aquí?

—Jenn, te he hecho una pregunta, ¿qué haces aquí?

—¿Perdona? Yo no tengo que darte ninguna explicación —digo molesta porque su tono de voz suena autoritario—. Si acaso, a mi novio el que, por cierto, está aquí.

Jason se levanta y le extiende la mano. Izan se la mira y lo ignora.

—¿Dónde está Ask?

—Y a ti que te importa, está en mi casa con mi hermana.

—¡Con la lesbiana de Jazz! —exclama y a Jason se le encienden sus preciosos ojos grises.

—¿Perdón?, ¿tienes algún problema con que mi cuñada se quede con nuestro hijo?

—¿Qué está diciendo este, Jenn?, ¿cómo que vuestro hijo?

Tardó en reaccionar porque me quedo mirando a Jason con el estómago a mil revoluciones, al compás de mi corazón que se me va a salir del pecho «nuestro hijo». Ay, Dios mío, que de esta me muero de amor y voy a tener que darle la razón a Mary.

—Sí, ¿qué pasa?, nuestro hijo, porque mi niño dejo de ser tu hijo en el momento que me abandonaste en aquella gasolinera.

—Ni siquiera entiendo cómo tienes la poca vergüenza de llenarte la boca con el nombre de mi hijo, porque te recuerdo que ese niño dejó de ser tuyo justo en el momento que dice mi mujer.

—¿Jennifer? ¿Qué está diciendo este?

—¿Algún problema? Vamos a casarnos y Ask lleva sus apellidos.

«La madre que te parió, Jennifer Christina Baker, ¡cállate! Por el amor de Dios, deja de decir tonterías que hace tres días era tu pareja y ahora vas a casarte, si es que…»

—Me estás tomando el pelo —se ríe y Jason y yo nos miramos el uno al otro.

—Pues sí, se casan, ¿qué pasa? —secunda mi amiga a la que nadie le ha dado vela en este entierro.

—Cállate, Mary, no lo hagas más grande —susurro al oído.

—Esto lo has montado tu solita, ahora no te quejes.

—Quiero ver a Ask, y no te estoy pidiendo permiso, te estoy dando una orden.

—Mira, macarra de tres al cuarto, tú no vas a darle órdenes a mi mujer y mucho menos en mi presencia.

Christian se acerca a Jason.

—Tranquilo, colega.

—¿Tú quién te crees que eres para amenazarme?

—No te estoy amenazando. Te estoy advirtiendo y no vas a ver a Ask.

—Esto…, esto es una trola. Tú no vas a casarte con este moñas. No te pega nada, Jenn.

—El que te va a pegar una hostia voy a ser yo, como no dejes de dirigirte a mi mujer como si fuera de tu propiedad.

—Es la madre de mi hijo, cabrón.

Y solo veo puñetazos y gente intentando separar a Izan y Jason, Dios la que se ha liado en un momento.

23

Jason

Tenerla aquí curándome las heridas hace que se me prenda el cuerpo. Me duele hasta el tuétano. El muy…, me ha partido el labio y juraría que me ha roto el tabique nasal. Christian ha ido a por algodón y algo de alcohol a mi cuarto de baño. Ella me está limpiando la sangre que me sale de la nariz a borbotones con un trapo húmedo. Tengo que luchar contra mi ser por no empalmarme, joder, el calor que desprende su cuerpo hace que el mío tiemble. Mary sostiene un vaso de agua frente a mí, sentada en la mesita auxiliar Me ofrece, pero yo no puedo tragar nada que no sea licor.

—No, gracias. Mary, te agradecería que me trajeras una copa de whiskey. Está ahí —señalo, —en esa estantería.

—Como usted mande. Creo que todos necesitamos una, ¿no, Jenn?

Jenn no contesta, me mira enternecida por el momento de debilidad que estoy mostrando, me remuevo nervioso para que la sangre deje de bajarme a los putos pantalones.

—Creo que deberías dejar de dar la cara por mí, solo te la parten —dice mientras me limpia la herida del labio y ella se muerde el suyo haciendo que se me dispare el corazón. Opto por quitarle el trapo y limpiarme yo la sangre o aquí va a ver un desastre; mi caballero andante interior se ha quitado la armadura y me mira travieso. Me incorporo y ella se hace a un lado. Christian llega con el alcohol y algo de algodón.

—Tío, estas hecho un desastre, ¿por qué no vas a cambiarte? —dice, y acepto tras ponerme un trozo de algodón en el orificio nasal y tras tragarme el whiskey de golpe.

—Despacio, o te sentará mal —dice Jenn.

—Lo siento, aún estoy muy nervioso y no me importa haberle partido la cara a ese tío. Nada en absoluto —digo mientras me levanto y me quito la camisa frente a Jenn y Mary que me mira con lascivia. Jenn ha agachado la cabeza.

Consciente que no debía haber hecho eso, pido disculpas y enfilo a mi habitación a cambiarme.

Oigo como hablan en el salón, estoy temblando de la rabia y de tener a Jenn en mi apartamento; ojala no estuvieran nuestros amigos aquí. Recuerdo lo que le dijo Jenn a ese macarra. Joder, le ha dicho que nos casamos en un mes. Ojalá fuera cierto.

24

Jenn

Izan ha dejado a Jason hecho un cristo. Le limpio las heridas como puedo mientras su amigo va a por alcohol y algodón, a ver si le hacemos un apaño. Gracias a Dios las heridas no son tan profundas como para ir al hospital, aunque yo he insistido bastante en el tema, pero nadie me ha hecho caso.

Ya es la segunda vez que Jason me defiende. Y eso me pone…, me pone mucho.

¡Ay, Dios! le he dicho a Izan que me voy a casar en un mes. No sé en qué estaba pensando, ¿por qué narices no puedo dejar de mentir? ¿Qué es lo que voy a hacer ahora? Izan quiere ver a Ask y se ve a mi hijo, enseguida sabrá que Jason y yo apenas nos conocemos. Así nunca me dejara en paz.

Se ha quitado la camiseta, ¡virgen santísima! ¿ese pecho es de verdad?, mis mejillas se encienden y no puedo evitar apartar la mirada un cosquilleo se ha apoderado de mi bajo vientre, en realidad ha vuelto. Lleva yendo y viniendo desde que Jason me puso las manos en la cintura. Dios… cómo me pone. De refilón veo la fina línea de su vello púbico que baja de su vientre a eso, que mi princesa interior, la cual se está abanicando y mordiéndose el labio y que no sé en qué momento ha vuelto la tonta está a mi vida, por tremendo espectáculo quiere saborear. Puedo ver que el caballero tiene buena espada y eso hace que mi sexo se despierte. Noto como los pezones se me endurecen bajo las pezoneras que llevo puestas. Por Dios, Jenn, contrólate, no es el momento. Él se levanta y se va y yo, por acto reflejo, me abanico con la mano. Tengo calor, muchísimo calor. Mary sonríe ocultando tras su sonrisa su risa escandalosa, me ha visto las mejillas.

Él regresa y se une a nosotros, se ha cambiado de ropa ahora lleva un pantalón de lino blanco —maldita sea— y una camisa del mismo tejido. Vuelvo a morderme el labio, Mary me llama y susurra:

—Nena…, contrólate, puedo oler tus feromonas desde aquí.

La fulmino con la mirada.

—Entonces nos casamos en un mes —dice sacándome de mi embobamiento.

—Eso parece, aunque puedo decirle la verdad. No creo que sea buena idea. Perdona, he actuado compulsivamente, no pensé en las consecuencias ni pensé que Izan siguiera con el tema. Él siempre ha sido de los que huyen.

—Yo no conozco a ese tal Izan, pero Jenn, y no es por defenderlo, has llegado a pensar que la gente cambia, igual el hombre se arrepintió y ha vuelto a enmendar sus errores.

—¿Qué? Enmendar qué—exclama Mary—, ese en la vida va a enmendar nada; ya se lo dije a Jenn cuando le conoció: ten cuidado… que este va a lo que va… Se lo dije se lo advertí y mira, terminó levantándome a las tres de la madrugada para irla a recoger al puto fin del mundo.

La miro, tiene razón, me lo advirtió. Mi princesa interior, esta misma que acaba de regresar de donde la había desterrado, no escuchó los consejos que mi amiga y socia me dio en su momento y ahí me vi abandonada como una perra y preñada.

—Christian, métete en tus asuntos. Si bien ha sido impulsivo, pero si lo que ha dicho Jenn va a hacer que ese macarra desaparezca de su vida, yo encantado de ayudar. Si nos tenemos que casar, pues nos casamos.

Cristian abre los ojos y lo mira sorprendido.

—Estas de coña, ¿supongo?

—Jason, de verdad, que no hace falta —digo.

—Mañana mismo me presentas a tu hijo y te aseguro que dentro de una semana tu hijo no va a querer otro papá.

—Ehn, no creo que… —dice Mary—. Ask es muy, digamos, un poco como su padre, muy celoso con lo suyo, no sé si me entiendes.

—No será para tanto.

—Espera, Mary, suena descabellado, pero no creo que sea mala idea. Sabes que estos días ha estado un poco triste y ha tenido problemas en el colegio por eso de no tener padre, igual y cuela, si le digo que he encontrado un padre perfecto para él…

—Nena, ¿te estás escuchando? hablas como si hubieras ido a comprar a Jason a una tienda de papás al por mayor. Jenn, en serio, sabes que soy la primera en sumarse a estas iniciativas, pero…

—…, pero no se diga más —digo emocionada y resuelta, y sin pensar en las consecuencias. Aquí el problema será contárselo a Barbs

Llevo toda la noche y parte del día dándole vueltas al asunto. ¿Cómo le explico a mi madre que en un mes, supuestamente, me caso? Espero no tener que hacerlo de verdad, esto es solo una pequeña mentirijilla para que Izan nos deje en paz a mí y a Ask. Y que este se largue antes de que tengamos que llevar el plan hasta el final, sería una auténtica locura.

A la primera que se lo cuento es a mi hermana, que tras mirarme como si yo estuviera loca, suelta una carcajada que me pone los pelos de punta.

—Y, ¿has montado todo esto solo porque quieres quitarte de encima a Izan?, hermanita, estás como una cabra… ¿no te bastaba con ponerle una orden de alejamiento o dejarle ver a Ask? si en cuánto vea la responsabilidad que conlleva un niño de cinco años saldrá corriendo, como siempre.

También es verdad.

—…Esto, tú lo haces por que el duque te pone perra y hasta diría que te has enamorado.

—Oye, pero que manía del enamoramiento ¿cómo me voy a enamorar de alguien al que no conozco?

—¿Cómo vas a casarte con alguien que no conoces?

Touché.

—Y ¿tú como sabes que es duque?

—Duque y escritor de novela romántica erótica —hace énfasis en erótica y mi princesa interior se despierta de golpe subiéndose las enaguas.

—¡Ay, no lo sé! no veo la tele y hace mucho que no leo.

—Ya, desde que decidiste que todos los hombres eran Jafar.

—Bueno, yo te sigo el juego, pero que conste que esto me parece una locura y con una condición.

—¿Que condición? —arrastro la voz poniendo los ojos en blanco.

—Que me presentes a su hermana…

—¡Jazz! —reprendo.

—¿Qué?, está buenísima. ¿No la has visto?, mira.

Mi hermana saca su iPhone y abre la aplicación de Instagram, me enseña fotos de la hermana de Jason y de verdad que es guapa.

—Es transexual —me informa y yo abro los ojos y la boca—, lleva unos meses subiendo stories: contando que va a cambiarse de género y cómo es el proceso, ya sabes…

Por alguna razón me da un cosquilleo en la tripa.

—Sí que es guapa, sí.

—Y esta es la cuenta de Jason —me indica.

Madre mía, qué pecado. En la foto que estoy viendo él está en lo que parece ser un yate, con el torso descubierto con el mismo o algún pantalón parecido al que llevaba puesto ayer por la noche, posando una mano sobre uno de sus pechos y sonriendo con suficiencia. Veo las enaguas de mi princesa interior volar por los aires.

—Dame tu móvil. —Me pide mi hermana—. Desbloquéalo, ¡vamos! —me apresura. Y abre la aplicación entra y abre la boca enseñándome la solicitud de seguimiento de Jason—. ¿Desde cuándo no abres la app? —pregunta.

—Yo que sé. No tengo tiempo para estas cosas.

—Pero sí para Tinder.

«Si supieras que esa cuenta esta en el móvil de Mary; es mi asistente personal en lo que se refiere a citas por internet, una asistente bastante deficiente por cierto, igual que mi cupido drogata».

—A ver, quita —la aparto de un empujón y ella cae riendo a un lado del sofá donde estamos sentadas.

Ask sale de su habitación, llorando.

—Mamá, mami, necesito un papá —dice y mi hermana y yo nos miramos y nos reímos.

Ask se acerca a nosotras muy serio y me alza la Tablet delante de mi cara.

—¡Mira! El colegio está organizando una yincana de padres e hijos y yo no tengo papá. Oh, mamá, ¿qué voy a hacer? —dice dramático mi hijo de cinco años dejándose caer entre su tía y yo. Le cojo el aparato y deslizo sobre la información frunciendo el ceño y apretando los labios. Labios que van dibujando una sonrisa al recordar el plan.

—Tranquilo, bebé, ese problema ya está solucionado.

Ask, abre los ojos con un brillo que me encoje el corazón.

—¿En serio, mami?

—En serio. Es más, esta misma tarde conocerás al que va a ser tu papá por un tiempo limitado, eh, Ask.

—¡En serio! —grita—. Tengo que decírselo a Curtis… ya jamás volverá a meterse conmigo. Me quita la Tablet.

—Estás loca. —Mi hermana agita la cabeza.

—Voy a llamar a Jason.

Oh, mierda, no tengo su teléfono.

Miro a Jazz y ella me mira.

—¿Todavía no le has pedido su número, no? —Agita la cabeza y me quita el móvil de la mano. Le envía un mensaje por la aplicación no tarda en contestar.

Sí, claro. ¿A qué hora quieres que esté ahí?

Miro el reloj y le digo que a las siete que le invito a cenar.

Ahí estaré.

Mi hermana quiere escribirle: Trae a tu hermana, pero antes de que le dé a enviar le he podido arrebatar el teléfono de las manos.

—Me lo prometiste.

—Yo no te he prometido nada.

—Fue la única condición que te puse para seguirte el juego.

—Que sí, pesada, pero aguanta un poco, ¿no?

Me planta su iPhone en la cara y me señala una foto de ella.

—Que sí, fastidiosa… que sí, pero no ahora. Mantén tus hormonas a raya.

Jazz arruga la frente y frunce el ceño. Resopla.

—Está bien, ahora tengo que irme. Volveré mañana. Te iré abriendo camino con mamá.

Jazz coge su bandolera y se la pasa por la cabeza.

—¿Tú crees que es necesario decírselo a Barbs?

—Necesario no, obligatorio. Ya sabes lo mucho que lee mamá las revistas de cotilleos y tu duque sale mucho, por cierto, no por lo que es; que también, sino porque es uno de los mejores escritores de novela romántica erótica del momento —vuelve a hacer hincapié en erótica—, y resulta que Barbs y la visa son fans de Jason Stanford, querida.

Abro los ojos de sorpresa. No tenía ni idea.

—Hermana, prepárate para ser la novedad del mes; prepárate para que tu lista de seguidores reviente y prepara cientos de miles de cupcakes, porque, hermanita…, este último mes tu pastelería va a reventar. Todo el mundo va a querer saber quién es la nueva novia del duque de Essex y su nueva musa.

—Creo que exageras.

—¡Vale! Ya me lo dirás —dice mi querida hermana menor abriendo la puerta y girándose para mirarme una vez más y espetar—: Ah, y plantéate en jubilar a Don O, yo, en tu lugar, me comería esa perita en dulce, si Jason fuera mujer, claro.

Y cierra la puerta tras de sí, miro al trozo de madera incrustada en mi pared con las mejillas ardiendo y a mi princesa depilándose lo que esconde debajo de las enaguas.

25

Jason

Estoy a punto de salir a casa de Jenn a conocer a su hijo.

Decir que estoy nervioso es poco, me tiembla todo. No sé ni cuantas veces me he cambiado de ropa. Creo que me he pasado con el perfume. Mi caballero andante saca lustre a su brillante armadura y envaina su espada, yo lo miro con desaprobación y él me hace una mueca poco caballerosa mandándome a la mierda. La verdad es que llevo casi un año sin tener sexo con nadie más que conmigo mismo. Y empiezo a aburrirme. No es que vaya a acostarme como Jenn en la primera cita…, es más, esto no es una cita en sí; esto es para ir a conocer a su hijo y que no nos chafe el plan frente a su padre biológico, que pasará… Es evidente que es ahora cuando voy a entrar en su vida y no hace un año ni dos, sino ahora. Esto va a ser un desastre muy divertido, pero un desastre. Lo único bueno que voy a sacar de aquí es a Jenn.

Anoche apenas pude dormir y no solo por el dolor de los golpes que me dio ese macarra, el olor y el calor de ella me absorbió toda la noche, fantaseé, me masturbe. Joder, sueno como un acosador. Qué voy a hacer, me he enamorado, así de tonto soy.

Cojo las llaves me miro por última vez en el espejo que tengo junto a la puerta, mi caballero andante levanta los pulgares y grita: MACHOTE. Sonrío, abro la puerta y mierda…

—¿Sharon? —pregunto incrédulo por tener a esta fresca frente a mí.

—Hola, Jason.

Me quedo inmóvil como un auténtico pasmarote, sin poder evitar que pase a mi apartamento, sin permiso. Deja su bolso de Guess sobre el sofá y se sienta en él.

—Tenemos que hablar —dice y yo le doy la espalda mirando al pasillo con la puerta en la mano sin saber reaccionar, ¡maldita sea! Qué oportuna es, joder.

Me giro y la miro, ella sonríe con suficiencia, sensual humedeciéndose los labios. La camisa de Versace que lleva puesta deja ver su exuberantes pechos la lleva medio desabrochada dejando ver el último modelo de sujetador de Victoria's Secret. La miro fijamente y entorno los ojos; en otro momento, y me sorprendo a mí mismo, me hubiera lanzado cual tigre encima de su presa y comérmela hasta dejar solo los huesos, los cuales relamería con gusto, triunfal y satisfecho. Pero no, mi caballero andante ni mira y se cruza de brazos pataleando el suelo sobre la pierna derecha impaciente «¿A qué esperas?, Jenn nos está esperando. Vamos, bobalicón, huye de esa arpía».

Doy unos pasos hasta el sofá en el que me espera con las piernas cruzadas.

—Lamento tener que pedirte que salgas de mi casa —digo, y cojo su bolso y la agarro de un brazo obligándola a levantarse. Ella tira y se clava en mi sofá.

—No me voy a ir hasta que hablemos —me quita el bolso de la mano, lo abre y saca un ejemplar de mi último libro. Joder.

—Sharon, tengo prisa, he quedado. No tengo tiempo para esto—. Intento volver a cogerla para echarla y vuelve a sacar un trozo del artículo de New York Times. Resoplo.

Me mira sin decir una palabra, la expresión de su cara es divertida. Se está divirtiendo con esto, a mí no me hace ninguna gracia, ya he perdido cinco minutos de mi tiempo en los que tenía que estar camino a casa de Jenn.

—¿No me has olvidado, Jay? —pregunta y se pasa un dedo por el canalillo del escote.

—Sí que te he olvidado, no sé de dónde sacaron esos malditos chupatintas eso, pero no es así. Y por favor, vete. Llego tarde.

—¿Tarde, adónde?

Pienso detenidamente mi respuesta, me muerdo el labio y perdóname, Jenn, por lo que va a venir a continuación de esto, de todo lo que va a conllevar esta pequeñita trola que mis labios van a escupir a esta arpía. Ahora estaremos en igualdad de condiciones, princesa.

—He quedado con mi novia y no me gustaría hacerla esperar.

—¿Tu novia? —pregunta atónita.

—Sí, mi novia.

—Que yo sepa, tú no tienes novia ni sales con nadie.

—Y ¿cómo coño sabes tú eso?

—Hablo y a veces tomamos el brunch en el club con tu madre ¿sabes? Ah, no. No lo sabes, porque como ya no pasas por la casa de tus padres y cuando vas duras cinco minutos y te vas…

—Ya, bueno, no es una persona mediática y no me gustaría exponerla a los medios. Ni al escrutinio de mi padre, por supuesto.

—Vaya, me sorprendes, Jay —se cruza de brazos y se muerde el labio; en otro tiempo ese simple gesto en ella me hubiera puesto malo de deseo, pero ahora no son esos labios que quiero morder, nada de ella me atare ya, y me siento orgulloso de ello y avergonzado por todo el tiempo en el que esta bruja me manipuló a su antojo. Dejándome y cogiéndome a capricho. Ella sí vivió, yo vivía por complacerla. Eso se acabó.

—Me tengo que ir, por favor, hablamos en otro momento, va en serio.

Mi teléfono suena.

Jenn, maldita sea o ¿no?

—¡Princesa! —digo con amor desmedido—, perdóname, mi vida, estoy metido en un atasco. Voy ahora mismo. Vale, sí, cielo, sin ningún problema. Te quiero, nos vemos ahora.

—¿Ves?, ya me has hecho mentir a mi futura —le voy a dar donde más le duele ateniéndome a las consecuencias— duquesa de Essex.

La cara de Sharon se contorsiona, se ha quedado pálida y le tiembla un ojo. Me estoy bebiendo la risa, mientras le indico el camino de salida. Ella se levanta —por fin…— y sale. Se detiene antes de que yo pueda cerrar la puerta e intenta besarme, me agarra el cuello y me mete la lengua hasta la campanilla. La cojo de los brazos deshaciendo su abrazo y la empujo.

—¿Qué haces, loca? No vuelvas a hacer eso nunca más. Porque olvidaré que soy un caballero.

La agarro del brazo y al ver que el ascensor se ha abierto la meto con prisa y pulso el botón sin montarme con ella, tengo prisa, pero prefiero bajar los veinte pisos a pie hasta el garaje que montarme en el aparato con ella. Eso me ha enfurecido.

26

Jenn

—¿Qué cojones?

Jason me acaba de hablar como si yo fuera su novia de verdad. ¿Se ha vuelto loco o ya lo lleva de fabrica?

—Nena, ¿quieres que ponga el mantel blanco o el crema? —me pregunta Mary.

Yo sostengo el móvil en el aire descolocada sin saber qué acaba de pasar.

—¡Jennifer! —grita Mary y yo doy un respingo.

—El crema, aunque no sé para qué nos esmeramos tanto, se nota que Jason es humilde.

—Es un duque, cariño, ese de humilde no tiene ni las pestañas, créeme. Christian también vendrá a cenar.

—Ah, por eso el despliegue de sofisticación y que me hayas echado de la cocina.

Mary se pone roja y yo me sorprendo.

—Ma-rí-a Mo-li-na ¿te estas poniendo roja? —pregunto mofándome de mi amiga a la que jamás he visto ponerse colorada por ningún tío.

—¿¡Yo!?, ¿qué dices? Qué cosas tienes… psss, ya ves tú… roja yo, ¡es el colorete, atontá!

—No, qué va, ¡estás roja! Ay, que la niña se me ha enamorado.

—Hace mucho calor —dice extendiendo el mantel sobre la mesa, planchándolo con la mano y procurando que no esté desnivelado. Con cierto aire de suficiencia.

—Mary…

—Ay, por Dios. Sí, joder, Chris me gusta, ¿contenta?

—¿Puedo ayudar? —pregunta Ask emocionado y dando brinquitos, jamás pensé que mi hijo el controlador se alegrara porque trajera a alguien a casa. Estoy sorprendida.

—Sí, melocotoncito, ¿por qué que no vas a buscar las servilletas y nos las traes? —digo poniéndome a la altura de mi principito.

—Sí, mami —dice y se va dando saltitos hacia la cocina.

El timbre suena y Mary abre los ojos como platos y su pálida piel se vuelve roja como cuando vamos a la playa y se quema con el sol. Me hace gracia y me parece tierna a la vez, nunca había visto esa reacción en ella.

—Ya voy yo, anda, ve a vestirte por si es Chris —digo y mi amiga la gamba sale disparada hacia su cuarto.

En efecto, es Chris y yo me desinflo pensando que el que tocaba era Jason. Le invito a pasar y me da dos besos.

—¿Qué tal, Jenn? Jason me ha llamado tres veces, no te preocupes, llegara en punto; es un puto inglés y si no lo hace prepárate para aguantar sus reverencias y disculpas por no haber llegado en hora —se ríe.

Me rio.

—Pasa, siéntate.

—Toma, he traído esto, vino tinto reserva del 76, riojano como mi españolita. ¿Dónde está?

—Vistiéndose, ahora viene. Pasa, ponte cómodo, estás en tu casa.

Quiero ir a la cocina, pero el sonido del timbre me hace retroceder.

—Perdón, te debo una explicación.

Sí que me la debe pero no por haber llegado treinta segundos tarde, sino por lo que ha dicho por teléfono.

—Pasa…

—He traído algo para Ask, sé que eres repostera y dulces no faltan en tu casa, pero quería tener un detalle.

Qué mono, le ha traído un castillo de chuches a mi bebé. Mi princesa se arremanga la falda.

Mi principito sale de la habitación y se detiene al principio del pasillo, tímido. Avanza lentamente entrelazando sus manos nervioso. Jason me mira —y aquí tengo que decir que se me cayeron las bragas al suelo al ver su expresión—, emocionado con una gran sonrisa que ilumina toda la estancia.

—Ask, no seas tímido, ven —digo y mi niño apresura el paso, para mi sorpresa, con una amplia sonrisa.

—¿Él va a ser mi papá? —dice con los ojos y la boca abiertos, sorprendido y hasta emocionado, diría yo.

—De momento, Ask, provisional. Ya lo hemos hablado.

—Mami, pero ¿tú sabes quién es?

Hasta mi hijo de cinco años sabe quién es Jason, aunque no me extraña, pasando los fines de semana y las vacaciones de verano que pronto irá a pasarlas con Barbs y la Bisa…, no me extraña nada.

—Es… Jason Stanford, el autor de Mi princesa y yo —grita y se lanza a sus brazos, y mi princesa: «Espera un momento, y ¿este quién es?», se lanza a un caballero andante que no puedo ver porque me ha puesto el cartel de no molestar.

Él lo recibe en sus brazos y le da un sonoro beso en la mejilla.

—Guauuu, Curtis va a flipar.

La que más está flipando de que aquí, soy yo, el escritor de novela romántica erótica también escribe cuentos infantiles.

—Antes de meterme en el mundo de la novela para mayores de dieciocho, escribía cuentos infantiles —me informa Jason.

—Oh, no lo sabía.

Mi niño sigue encaramado al cuello de Jason.

—Ask, baja, anda, no atosigues a Jason.

—Déjalo, no me molesta, así que, pequeño príncipe, ¿has leído mi cuento?

—Sí y el de La rana malvada, y La bruja de la escoba de oro, ah, y el de El osito Fred mi mejor amigo, también es uno de mis favoritos —dice emocionado.

—Me alegro mucho.

—Ven, vamos, quiero enseñarte mi habitación.

Ask se baja de los brazos de Jason y lo arrastra hasta su habitación bajo mi mirada descolocada y emocionada. Mary me mira satisfecha y levanta los pulgares.

No puedo dejar de mirar a Jason y a mi hijo, están enzarzados en una conversación de lo más culta y me siento hasta desplazada. Mary y Christian hablan de lo suyo entre miraditas y risitas tontas, de ambos. Jason me mira de vez en cuando enamorándome cada vez más cada segundo, cada nanosegundo mi corazón se hace más grande. Mi cupido me saluda desde la ventana victorioso. Y por primera vez, le sonrío.

Ahora sí, pequeño drogata, has dado de pleno. Sé que esto es solo un juego, pero mi corazón ha vuelto a bombear por todo mi cuerpo y por sitios por donde no alumbra el sol.

27

Jason

No ha ido tan mal, me he metido a Ask en el bolsillo, es más, me hubiese encantado tener un hijo como él. Es adorable, me ha conquistado por completo.

Le expliqué a Jenn lo de Sharon. Lo entendió, incluso me pidió que si quería dejar esto que se lo dijera, pero que lo hiciera después de la fiesta de fin de curso de Ask, después de la yincana de padre e hijo de su escuela. Ni en broma. No sé cómo va a terminar todo esto, pero necesito a Ask y a Jenn con un urgencia en mi vida. Miro al techo y pienso en ellos, fantaseo con la posibilidad de formar una familia con ellos y me emociono. Mi cara es de pura satisfacción, desde anoche llevo instalada una sonrisa en mi cara que no se me borra ni al cepillarme los dientes.

Voy a la cocina a preparar café. Anoche dejé cargando el móvil y lo apagué. Lo enciendo con la tonta ilusión que Jenn me haya escrito, pero no. De repente, mi teléfono empieza a vibrar y pitar como un loco. Cientos de mensajes me entran sin descanso. ¿Qué pasa?

Tres llamadas de Dakota, seis de mi madre.

Dakota

EY, tú, capullo ¿dónde estás metido? despierta y pon la televisión o coge el periódico.

Bren

¡Qué pasa, tío! mucho tiempo sin saber de ti. Llámame.

Joshua

¿Cuándo traerás a esa americana a Londres?

—¿Cuándo traeré…?, ¿qué?, ¿dónde? Pero ¿qué está pasando? Miro mi Instagram y recuerdo, joder, la foto que nos hicimos anoche Jenn y yo. La verdad es que en la foto parecemos una pareja pasándolo bien con unas copas de vino. Ella me sonríe y yo a ella, enamorado y atontado. La subimos con la descripción «Mi princesa y yo a 29 días de nuestra boda». Desde luego, si queríamos llamar la atención, lo hemos conseguido. Y no son ni las diez de la mañana.

Papá

¿Podrías explicarme eso de tu nueva novia? Y que te casas en 29 días.

Vaya, he llamado la atención de lord Jeffrey. Sonrío. Mi teléfono vibra y en la pantalla veo el nombre de Jenn, lo cojo emocionado y feliz por el efecto que hemos causado. Se me corta al escuchar el tono de su voz. Parece enfadada.

—¿Me puedes explicar por qué puñetas tengo a toda la prensa amarilla de Nueva York y alguna inglesa, por cierto, en la puerta de mi establecimiento? Casi ni he podido entrar por la puerta. ¿No que era solo una fotito de nada?

Mierda.

—No sabía que iban a darle tanta importancia.

—¡Que no! si lo sé no me hago esa foto y ¿cómo han sabido dónde trabajo? si ni me etiquetaste en la foto. A mi madre casi le da un infarto cuando me vio en la CBC y en Despierta Nueva York esta mañana. Que mi bisabuela ha echado a andar, coño, hace más de veinte años que no anda sin andador… Que me ha dicho mi madre que se está probando pamelas y sujetadores.

—¿Sujetadores?

—Sí, sujetadores. No preguntes.

—Lo siento, Jenn, de verdad. No sabía que todavía estaba en el punto de mira.

—Yo no sé. Pero soluciona esto ¡YA!

Me cuelga y se me cae el alma al cuerpo, mi caballero andante me da un patada en la espinilla: CAPULLO, me dice.

Vuelvo abrir Insta y veo que nuestra foto se ha hecho viral. Paso por los stories y veo a Sharon haciéndose la víctima con un gif de corazón roto y al actualizar el feed, una foto de ella misma en la oscuridad haciendo que esta triste, será bruja. Le doy me gusta y enseguida lo quito no quiero ser tan cabrón, leo los comentarios:

Sharon, preciosa, no merece la pena.

Menudo… (emoticono de cabra)

No te mereces esto, bonita, después de lo que te hizo.

A medida que sigo leyendo los comentarios me voy quedando perplejo, o sea, el malo soy yo, ella se tira a su instructor de yoga a dos días de nuestra boda después de una eternidad de noviazgo en el que solo he salido perdiendo yo, y ella es la pobre princesita desvalida, ¡vamos! no me jodas… Cierro la aplicación.

Mi hermana me llama.

—¡Menos mal!, ¿dónde estabas?, llevo toda la mañana llamándote.

—Son las diez y cuarto. No exageres.

—Me merezco una explicación, ¿no crees?, yo y nuestros padres. Papá está que echa humo.

—Él siempre echa humo, Dakota, y sí, te debo una explicación, pero no hoy.

—Ve a casa de los papás, Jason. Esta noche.

—No puedo…

—…Esta noche, ¡Jason!

Nunca había visto a mi hermana tan enfadada y decepcionada conmigo.

Tengo solucionar esto, sé que en una semana esto pasará, pero Jenn no, debo ir y tranquilizarla.

Antes de que pueda poner un pie fuera de mi apartamento, el teléfono fijo suena ¿Pero funciona? ¿Cómo se contestaba a esto?

—¿Diga?

—Señor, espere un momento. —La voz de James, el asistente de mi abuelo, suena al otro lado del fijo.

Mierda.

—Jason… —me nombra mi abuelo y yo me aprieto las cuencas de los ojos.

—Abuelo…

—¿Cuándo pensabas contarme lo de tu nueva novia? Espero que no sea otra como la tal Sharon porque te quito el título…

—Puedes estar tranquilo, ni se asemeja a ella, pero, abuelo, tengo algo que contarte.

Mi abuelo y yo, a diferencia de mi padre, nos lo contamos todo. Le relato toda la verdad de lo que ha pasado y lo colado que estoy por Jenn.

—Hijo mío, ¿no te bastaba con mandarle un ramo de flores y unos chocolates?

—Se me fue de las manos, abuelo.

—Ay, Jason, ¿vas a contárselo a tu padre? Mi consejo es que no lo hagas. Déjalo que se crea que de verdad vas a casarte y con una chica como ella, humilde, de donde no tenga nada que sacar. A tu padre se le olvida que se casó con una americana de Dakota del Norte que no tenía ni donde caerse muerta y ahora viene con estas tonterías de casarte con una niña de cuna, los años hacen más zorro al zorro, pero a tu padre lo hacen más idiota. Que no se le olvide que si no hubiese sido por mí, su madre jamás hubiera permitido esa boda.

Un hilo musical caribeño se cuela en la conversación y la risita de lo que parece ser una mujer llama mi atención.

—Abuelo, ¿dónde estás?

—Viviendo la vida, hijo, ¡viviendo! Dale saludos a mi niña —grita y corta la llamada.

Mi abuelo es mucho. Tiene ochenta años y vive la vida como un chaval de veinte. Desde que mi abuela falleció, no hace más que irse de viaje con jovencitas que, según él, le alargan la vida. Y tiene razón, a mi padre se le olvida que él también en su juventud cometió errores. No sé desde cuando le importa tanto lo que haga con mi vida. Siempre había sido tolerante con nosotros. Cuando Dakota quiso empezar a hormonarse, no voy a mentir, lo llevó mal, pero pronto el amor por su hijo y el apoyo incondicional de nuestra madre hicieron que mi padre entendiera que James, ese era el nombre masculino de Dakota, no se sentía a gusto con su cuerpo desde muy temprana edad. Dakota empezó con la transición a los catorce años. Mi padre tardó en procesar la nueva situación, pero al final la aceptó y la abrazó, entendió que ya no tenía dos hijos varones sino un niño y una niña y defendió a Dakota de los ataques de nuestro entorno como lo haría un padre, con rabia y amor. El mayor motivo que nos trajo a Nueva York fue ese. Como nos dijo cuando salimos de Londres: «No huimos, estamos viviendo». Porque él se sentía ahogado en ese mundo. Y ahora yo, por no haberme casado con una esnob sin escrúpulos, cuyo padre está forrado en billetes, me acribilla todos los días. No sé en qué momento mi padre se volvió tan avaricioso.

Cuando llego a la pastelería, tengo que hacerlo por la calle colindante y por la parte trasera. El lugar está lleno de prensa. Menos mal que cogí la moto. Así puedo pasar desapercibido con el casco.

28

Jenn

Madre mía, se nos han acabado los cupcake, y los croissants, y las tartas y los macarons…Tengo los hornos a pleno rendimiento, a Mary preparando café como una loca. Mikel ya no sabe ni a que mesa lleva las comandas; esto es una locura. Los periodistas entran y salen buscando una imagen mía.

Mary me ha prohibido ir a la tienda, me tiene escondida en la cocina, Christian ha llegado hace un rato y me está tratando de explicar la situación. No lo oigo. Solo quiero que llegue Jason y me explique este circo.

Oigo el sonido de una moto e instintivamente pienso en Izan, lo que me faltaba, salgo fuera para evitar que entre y ¿cuál es mi sorpresa? El que veo bajarse de la moto es Jason y una imagen se instala en mis recuerdos. Jason es el novio. No me lo puedo creer, miro a Mary que ha salido tras de mí. Y me empuja al interior de la trastienda.

—No salgas.

—Jason es el novio —digo totalmente ida.

—¿Qué? —pregunta Mary poniéndome la mano en la frente.

—Que Jason es el novio que huyó de aquella boda ¿No te acuerdas?

—Creo que esto te está afectando más de lo que creía, vamos, siéntate aquí —me agarra del brazo e intenta que me siente en una silla.

—¿Ves?, al final el príncipe destiñe —me levanto con los ojos abiertos. No me puedo creer que haya caído en las garras de un tío que, sin escrúpulos, dejó a su novia plantada en el altar, le doy gracias a Dios por no haberme acostado con él, pero fulmino a cupido con la mirada llena de odio, se tapa la cara con sus pequeñas y torpes manos. Deja las drogas, tío, casi me la cuelas.

Retrocedo en mis pasos mientras que Mary me mira preocupada y Christian descolocado. No entiende lo que me está pasando. Me agarro a la mesa de amasar y sigo caminando hacia atrás con la mirada pérdida y con ganas de salir huyendo. Me doy la vuelta y ¡Zas! Me choco de pleno con Jason que acaba de entrar y ha evitado que me caiga de bruces al suelo. Me abraza y me mira, asustado. Nuestras miradas se enredan y nuestros labios como imanes se pegan atraídos por una extraña fuerza. Quiero huir, pero el calor de sus labios sobre los míos hace que me quede clavada en el sitio. Llevo mis manos alrededor de su cuello. Lo abrazo. Él me sujeta fuerte por la cintura, haciendo que una descarga eléctrica me acople a su cuerpo y entreabra mis labios para dar paso a su lengua, que entra sin permiso acariciando la mía.

Todo mi cuerpo entra en shock, soy incapaz de despegarme. El beso se vuelve cada vez más intenso, aprieta tan fuerte su boca contra la mía que noto como se me hinchan los labios, incapaz de deshacerme del ardiente beso, hundo mis dedos en su pelo negro y sedoso. Hasta que la ráfaga de un flash me saca del momento Disney para mayores de dieciocho que estoy viviendo.

—Fuera, fuera —oigo a Mary decir al paparazzi que se ha colado en la cocina.

Mikel le amenaza con una barra de pan.

—¡Suéltame! —grito y lo empujo—. ¿Cómo pudiste?

—¿Qué?

—Eres un cabrón y me has engañado muy bien, maldito Jafar.

—¿Qué? —repite sin entender lo que estoy hablando.

—Tú abandonaste a esa pobre chica en el altar. Tú, sí, tú, no te hagas el tonto. Saliste corriendo en esa moto infernal dejando a la pobre chica tirada en el día más importante de su vida ¡cómo pudiste! —digo golpeándole con el dedo el pecho.

—Jenn, estás un poco nerviosa y estás desvariando.

—Mary, es él. El tío que dejó aquella chica de la boda de los Hampton, la que metió la mano en la tarta de seis pisos que tuvimos que tirar.

Mary me mira y seguido a Jason con reproche y termina en Christian que espeta:

—A mí no me metas, yo solo soy el bufón.

105

Mary no se ríe.

—¡Que hijo de puta! —exclama Mikel.

—No dejes la tienda sola —dice Mary y nuestro ayudante se va.

Tengo las manos en la cabeza, de repente me ha entrado un dolor horrendo de cabeza.

—Te lo puedo explicar.

—No necesito tus explicaciones. No somos nada. Lo que necesito es que te largues de aquí y te lleves ese circo de ahí fuera contigo.

—Déjame que te lo explique, Jenn.

—Fuera de aquí.

—Por favor, no es lo que tú te piensas.

—¡Que te vayas! —grito y él da un respingo.

Christian se acerca a él y le pone una mano en el pecho. Jason me mira como si el mundo se acabara aquí, conmigo. Como si tuviéramos una relación a la que estoy dando fin.

—Jenn…

—Vámonos, colega —susurra Chris.

Le doy la espalda y me cruzo de brazos. Un nudo muy doloroso se me ha instalado en la garganta y otro en la boca del estómago. Los ojos me escuecen y los labios me pican por el beso que no volverá a repetirse. Cojo aire en un pobre intento de sacar fuerzas. Mi princesa interior se niega a dejar ir al caballero andante y me recrimina: «Eres tonta…, tía, lo que te pasó a ti nada tiene que ver con aquella chica. Todos merecen una explicación, que Izan fuera un capullo, no significa que Jason lo sea, Joder, Jenn, piensa en Ask, le has dado un padre, falso, pero un padre que iba a llevarlo a la yincana y ahora va a tener a que conformarse con quedarse en casa, o peor, llevar a Izan».

«¡Cállate, maldita!, estás desterrada», le digo a mi princesa interior. Ella se cruza de brazos y dice: «No me voy a ninguna parte porque Jason nos gusta».

«¡Aaarrggg, te odio!», le grito. «Reconoce que el beso te ha gustado», me dice.

Pongo los ojos en blanco.

«Vamos, Jenn, admítelo… tenemos, yo tengo las enaguas y tú las bragas mojadas».

«¿Te callarás en algún momento?», pregunto y mi princesa me da un portazo con la puerta de su mini castillo.

Me doy la vuelta y veo a Jason que se resiste a irse. Juraría que está a punto de echarse a llorar, pero en seguida desecho esa idea. Los tipos como él, que son capaces de dejar tirada a una mujer en el día más importante de su vida, no tienen sentimientos. Además, que no tenemos nada. No sé porque se pone así. Los ingleses son muy dramáticos.

Maléfica

29

Jenn

Ya ha pasado una semana desde aquello. No he vuelto a saber nada más de él, solo las cuatro trolas que cuentan en la televisión en esos programas sensacionalistas y faltos de dignidad y escrúpulos. De vez en cuando, algún que otro periodista ha intentado sacarme alguna que otra declaración o hacerme una entrevista a la que me he negado, por supuesto.

No le he dicho nada a Ask, soy incapaz de decirle a mi hijo que soy una idiota. Lo veo tan feliz presumiendo de padre que soy incapaz de sacarle de su error y que ya no va a haber papá para la yincana, la cual es este sábado.

Izan me ha llamado no sé ni cuántas veces exigiéndome ver a Ask, ese es otro problema que añadir a mi lista con mi hijo. Aún no le he dicho que su verdadero padre está aquí y quiere verlo.

Jazz no me habla. Le he dado trabajo en la pastelería para que eche una mano a Mikel, que en estos últimos días está desbordado y para que tenga un sueldo y deje de robarme el Wifi.

—Eres la leche, Jenn, y una mentirosa, me prometiste que me presentarías a la hermana de Jason y me has mentido.

—¿Ya me hablas?

—¡Tengo que hacerlo! —exclama—, para decirte que eres una autentica imbécil, me has negado la oportunidad de conocer a Dakota Stanford, ¿sabes lo deprimente que es eso?

—No será para tanto, además a ti ¿quién te ha dicho que es lesbiana?

—Lo sé, le gustan las mujeres y yo tenía que haberme convertido en su juguetito sexual y me lo has negado. No te lo voy a perdonar en la vida.

—¿Le has dicho algo a Barbs?

—No, porque aún mantengo la esperanza de que recapacites y salgas a buscar a Jason, pobrecillo. Lleva una semana sin publicar nada en Insta.

—Y ¿eso es un problema?

—Un drama, hermanita, una tragedia.

—Que exagerada llegas a ser, Jazmín —dice Mary con una bandeja en la mano que acaba de sacar del horno—, cuidado que quemo —advierte pasando entre nosotras.

—Jenn, escríbele, no permitas que Izan vaya a la yincana con Ask, quedarían en último puesto —señala mi hermana.

—Jazz tiene razón. Deberías ir, no escribir a Jason. Christian me ha explicado lo que pasó y creo que prejuzgaste sin conocer los hechos simplemente porque salió huyendo en su moto y eso te recordó a Izan.

—¿Desde cuándo eres psicoterapeuta?

—Desde que te veo deambular por la casa como un fantasma. En serio, Jenn, ve y habla con él.

—No puedo. No puedo, lo que hizo no estuvo bien. No conozco los motivos de por qué hizo una cosa así. —Mary boquea para contármelo—. Y no quiero saberlos.

—Jenn, te buscan ahí fuera… —Mis ojos se abren al pensar que es Jason— …una tipeja que se cree la reina de Inglaterra.

Me pica la curiosidad y a Jazz también, que se asoma antes de que yo pueda hacerlo y susurra:

—Es ella, es ella la ex de Jason.

Siento como se me retuerce el estómago. ¿Qué hace aquí? Ah, claro, no sabe que no estamos con ese juego en el que todo el mundo piensa que somos novios y nos casamos —echo cuentas mentales—, en veintidós días.

—Ten cuidado, hermanita, esa es una arpía, estoy segura de que no viene a nada bueno por aquí.

—Pobrecilla —digo —, voy a salir.

—No la conozco, pero de pobrecilla, así en la primera impresión, no me da. Eh, no sé, haz caso a tu hermana, que de ese mundillo sabe mucho.

—Y no me preguntes por qué.

—Tampoco te lo voy a decir.

Salgo de la cocina. Y doy unos pasos hacia el mostrador, la reconozco enseguida, lleva tanto maquillaje como el día que enterró las manos en la tarta de su boda.

—Buenos días —digo, y ella levanta la mirada, y cuando sus ojos tropiezan con los míos se me eriza la piel. Me esperaba otro tipo de mirada, no sé, una abatida, triste, desconsolada…

—No voy a entretenerme con chusma como tú, solo he venido a decirte que dejes en paz a Jason, él es mío, siempre lo ha sido y eternamente lo será, ¿te enteras? pastelerucha del tres al cuarto.

Se levanta de la silla y la miro con los ojos abiertos, mi princesa interior me mira con suficiencia. «Te lo dije», me dice poniendo los ojos en blanco, «prejuzgaste…, querida. Te presento a Maléfica».

Maléfica a su lado es un hada del bosque.

—Oh, perdona ¿podrías enseñarme el título de propiedad?

Me mira y enarca una ceja, boquea para decir algo, pero yo la interrumpo.

—Lo mejor será que te largues cagando leches de mi negocio si no quieres que dé un espectáculo para la prensa. Te lo digo de forma amable, sin amenazas. Porque, pastelerucha o no, tengo más educación que tú.

Ella coge su bolso de la silla donde lo tenía, se echa para atrás, chula, su pajosa melena rubia dedicándome una mirada soberbia.

—Te aconsejo que cambies de champú o de peluquero o no, mejor rápate el pelo que parece que llevas un nido de pájaros en la cabeza.

—Estúpida —me dice—, te arrepentirás de esto —amenaza poniéndose el bolso colgando de su antebrazo y se coloca unas enormes gafas caras de marca que no le sientan nada bien.

—Olé, olé y olé, ¡torera! —grita Mary en español haciendo que se me escape una sonrisa. Que a gusto que me he quedado. Ahora si me interesa saber qué es lo que hizo que Jason huyera de ella.

Me quito el mandil y la chaquetilla. Me peino el pelo en una coleta alta y salgo por la puerta principal dejándome ver por la prensa, poniéndome mis gafas de mercadillo. Una chica me planta lo que parece una grabadora en la cara y otra un enorme micrófono y hay una cámara que me apunta.

—Jennifer, ¿podrías decirnos que hacía Sharon Staton aquí? —pregunta una y yo le hago una mueca sin hablar, sonrío.

—Hace más de una semana que no te vemos con Jason, ¿está todo bien en vuestra relación?, ¿seguís con los planes de boda? —pregunta otra mientras abro mi Chevrolet heredado hecho polvo y contesto:

—Jason y yo estamos perfectamente felices y muy ilusionados con la boda, muchas gracias.

Cierro la puerta de mi cacharro y mi princesa interior aplaude frenética, esa es mi niña, GUAPA.

En menos de diez minutos estoy aparcada en la puerta del edificio de Jason. Hay prensa esperando. Madre mía, ¿en qué momento me metí en esto? Salgo del coche y de la nada unos cuantos micros aparecen alrededor de mí.

—¿Vienes a visitar a Jason?

—¿A quién si no? —contesto.

—¿Puedes darnos una pista de dónde se celebrará la boda? faltan pocos días para el evento y no vemos movimiento alguno, ¿será aquí o en la casa familiar de Essex?

—Es una sorpresa —señalo.

—¿Acudirá su majestad al enlace? —pregunta una, y un cosquilleo recorre mi estómago. La reina de Inglaterra… no lo había pensado.

—Lo siento, chicos. No puedo hacer más declaraciones.

—Dinos por lo menos qué estilo de vestido llevarás —dice una de las periodistas. Pero el portero del edificio de Jason me abre raudo la puerta y se pone en barrera frente a los periodistas que quieren pasar al edificio. Ahora mismo me siento Lady Di acosada por la prensa. Qué subidón. Me tiemblan las canillas, el estómago ya no es mío, la cabeza me da vueltas e hiperventilo por la ansiedad.

Cuando subo al piso, Jason me espera en la puerta vestido solo con unos vaqueros desgastados y descalzo, viene a recibirme al ascensor asegurándose de que ningún paparazzi me haya seguido por las escaleras de emergencia.

—Vamos, entra rápido.

Me dejo llevar como una muñeca de trapo, no sé si es consciente de que no lleva calzoncillos, ni camiseta que cubra ese torso ni esa tableta de chocolate al que mi princesa quiere echar el diente. Madre mía, si ya tenía ansiedad vamos a sumarle que mi sexo acaba de despertarse. Y eso es un verdadero problema.

Cierra la puerta tras de sí.

—¿Qué haces aquí? ¿Y por qué no has dicho a la prensa que aquello no era verdad?

—Primero he venido a pedirte disculpas y segundo lo he hecho porque pensé que era lo que tu querías.

Me mira. Clava sus preciosos y luminosos ojos grises en mí, mirándome de arriba abajo.

—Perdona por las pintas, lord…, ¿cómo debo llamarte?

—Por teléfono, para prepararme o por lo menos ponerme algo de ropa.

Uhm.

No lo hagas.

No me castigues, ahora mismo estoy teniendo un orgasmo mental.

—Lo siento, pero esa exnovia tuya me ha puesto de los nervios cuando…

—Espera, ¿la has visto? —interrumpe.

—…Ha venido a advertirme que tú eras suyo y que me alejara de ti. Yo le pedí el título de propiedad, pero se indignó y se largó.

—¿Que Sharon ha ido a verte?

—SIP y algo me dijo que te debía una disculpa y porque mi instinto cotilla me obliga a saber la verdad de vuestra ruptura.

Jason se agarra la cabeza y de repente se ríe, se troncha.

—¿Esto te divierte? —pregunto.

—Oh, no. Sí, joder, sí me divierte ¡qué se joda la puta manipuladora!

Abro los ojos como platos asustada por la bipolaridad del duque.

—¡Que se joda, joder! —exclama y me agarra por los brazos. Yo lo miro aterrorizada—. ¿Quieres saber que me hizo huir de aquel encarcelamiento? Porque es lo que era, una muerte anunciada de mi dignidad, una soga que yo por idiota me eché al cuello el mismo día que la conocí.

—Habla, me estás sacudiendo tanto que me están dando ganas de vomitar.

—Oh, lo siento —me suelta.

—Así mejor, me voy a sentar —pido permiso y él sonríe; me lleva de la mano al sofá y un calambrazo de electricidad se apodera de mi cuerpo haciendo que se me activen todos los sentidos. Qué bueno está, por el amor de Dios. Debe ser hasta ilegal ser tan guapo y estar tan bueno.

Me sienta.

Va hacia la mesa de billar que tiene junto a un gran ventanal en donde, al parecer, ha dejado su iPhone. Se acerca a mí, abre la aplicación de videos y me enseña un video sexual de Maléfica.

Abro la boca.

—¿Lo grabaste tú? —pregunto atónita.

—Sí, para que cuando me lo rebatiera tuviera las pruebas suficientes para mandarla a la mierda.

Arqueo los labios.

—Que tripas, yo no podría.

—No era la primera vez que lo hacía, ya me había puesto los cuernos antes, muchas veces más de las que pueda recordar, pero no tenía pruebas y siempre salía ganando ella. Mi padre estaba obsesionado con asociarse con su padre y así demostrarle a mi abuelo que era capaz de salir adelante sin su ayuda y en venganza por haberme heredado el título en vida.

—¿Tu abuelo está vivo?

—…Sí, y de fiesta por el Caribe. Se muere por conocerte, por cierto

Su cometario me descoloca ha hablado de mí con su abuelo, ¿por qué?

—Y ¿por qué querías casarte con una mujer así? —pregunto.

—Porque creía que estaba enamorado y porque mi padre era lo que quería. Yo nunca le he llevado la contraria a mi padre. Es un buen padre, siempre lo ha sido, pero no sé, algo desde que llegamos a Estados Unidos lo hizo cambiar. Dio un giro de 180 grados que ni siquiera mi madre pudo ni puede entender. Y puso sobre mis hombros un peso que yo no quería llevar.

—Casarte con Maléfica —digo y él se ríe.

—Sí.

Me muerdo el labio y me ruborizo.

—Siento mucho haberte echado como lo hice sin dejar que te explicaras, pero es que es ver una moto y…

—Te entiendo. No necesito que me digas nada. Yo solo quiero que no vuelvas a dejarme tirado.

Desvía la mirada y se rasca la barba de dos días que lleva y que le hace ver aún más sexy y guapo.

—Me gustas, Jenn. Desde el primer momento que tropecé contigo en aquel bar decrepito al que no pienso volver ni muerto.

—Yo tampoco —anuncio y sonrío.

Me muerdo el labio.

—Tú también me gustas, Jason. Solo que soy un poco orgullosa para volver a repetirlo.

Vuelvo a morderme el labio.

—Puedes dejar de morderte el labio. Me pones nervioso.

—Oh, lo siento, señor Grey. Lamento profundamente ponerle cachondo con tal banal gesto.

Él sonríe.

—No me hagas sacar al Christian Grey que llevo dentro. Podrías arrepentirte —anuncia.

—Sácalo. No te cortes —digo.

Antes de que pueda seguir diciendo una palabra más, nuestras bocas se buscan y terminamos lo que empecemos en la cocina de mi pastelería.

—Déjame enseñarte mi castillo, princesa.

Me coge en brazos y me lleva a la habitación. No protesto. Ni intenciones tengo.

Entramos en su habitación, muy bien decorada, por cierto; con mucho estilo, poco abarrotada, blanca con motivos plateados y figuras que delatan que le gusta el arte. Llego a la conclusión que no lo conozco, estaba tan enfrascada en quitarme de encima a Izan con la pequeña mentirijilla que hemos montado que ni me tome la molestia de conocerlo.

Me deja en el suelo y va a cerrar las cortinas, estamos en el piso veinte, no creo que desde ahí abajo vean algo de lo que aquí va a acontecer. Joder, estoy a punto de tener sexo con Jason, eso hace que el suelo vibre bajo mis pies y el cuerpo se me entumezca; nadie, ni siquiera Izan, había causado ese efecto en mí.

Me extiende la mano.

—Ven, acércate.

Tira de mí y me aprisiona en sus brazos fundiendo nuestras bocas. Toda yo estoy temblando y él también tiembla, pasa su mano por mí nunca y entierra sus finos dedos en mi pelo deshaciendo el moño que llevo y dejando caer mi larga melena por mi espalda. Separamos las bocas para coger aire y me clava su mirada llevando sus ardientes labios hasta mi oído en donde me susurra:

—No tienes ni idea de lo que te deseo, Jenn.

Mis pezones se endurecen y gimo instintivamente al sentir el calor de su aliento y el roce de sus labios en mi oído. Mi corazón se dispara y en mi pecho noto el suyo galopando desbocado. Noto su erección sobre mi vientre. Me lleva hasta la cama sin soltarme y me deja delicadamente sobre la ella.

Mi sexo se contrae al pensar en lo que está a punto de suceder. Se inclina sobre mí y vuelve a besarme con deseo desmedido. Le agarro de los brazos para no dejarlo ir cuando siento que quiere levantarse.

—Eres preciosa, Jenn.

Soy incapaz de hablar. Mi cuerpo lo hace por mí. Me quita la camisa por encima de la cabeza. Se queda mirando mis pechos aún cubiertos por el sujetador. Los acaricia delicado con el pulgar introduciéndolo por la copa de mi pecho derecho, lo saca y pellizca. Gimo y cierro los ojos. Mi cuerpo lo desea. Y arqueo la espalda. Lleva su mano hacia mi pantalón y desabrocha el botón del vaquero que llevo puesto; se inclina y me chupa el pezón, lo saborea, lo succiona y mordisquea con su dientes con cuidado. Baja hacia mi sexo haciendo un caliente y devastador camino de pequeños besos húmedos deteniéndose en mi ombligo, metiendo la lengua en él un segundo para continuar hasta mis países bajos, destino final de su ardiente boca que entreabre dejando escapar un gruñido que hace que mi cuerpo se encienda. Baja la cremallera de mi vaquero y me lo quita con destreza. Cierra los ojos y se muerde el labio de puro placer al verme expuesta solo con las braguitas puestas. Menos mal que me puse las de encaje negro. Se arrodilla frente a la cama y tira de mí por las piernas acomodando mi sexo frente a él, justo a la altura de su boca; veo como se humedece los labios y me enciendo aún más, me quita las braguitas y gime.

—Definitivamente hermosa —dice y soy incapaz de estarme quieta, mi cuerpo lo reclama.

Acaricia mis pliegues con el pulgar y los separa con el dedo índice ayudándose del pulgar e introduce su boca sin previo aviso haciendo que grite al sentir el calor de su lengua en mi sexo. Agarra con cuidado mi clítoris con la boca y lo succiona, noto como el orgasmo viene a mí. Muevo mis caderas incapaz de retenerlo.

—Eso es, nena, córrete para mí, princesa.

Grito y me retuerzo cuando el clímax se adueña de mi cuerpo.

—Oh, qué rico, nena, que bien sabes.

—Fóllame, Jason —me mira por encima de mi vulva. Su mirada es intensa, cargada de deseo. Se levanta y se baja la cremallera del pantalón dejándome ver su erección.

Joder.

Parpadeo varias veces para cerciorarme que lo que tengo delante es real.

Camina hacia la mesita de noche junto a la cama y lo sigo con la mirada, tocándome. Saca un preservativo y se lo coloca. Cuando se ve protegido se echa encima de mí. Me sujeta las caderas elevándome el trasero para la inminente embestida. Da un solo empujón y se abre paso entre mis piernas soltando un gemido que me estremece el alma. Cuando se ha encajado sale y entra de mí, suave, sin prisa saboreando, jadeando. Me agarra la cara y busca mi boca para besarme. Luego busca mis manos con las suyas, poniéndolas sobre mi cabeza y aumenta el ritmo de sus embestidas, yo muevo mis caderas en busca de mi placer, él arremete de pronto con fuerza haciéndome gritar de placer, los dos gritamos, inundamos la habitación con jadeos y gemidos. Hasta que el clímax nos aprisiona haciendo que nuestros cuerpos se fundan el uno con el otro, sudorosos, calientes, exhaustos. Noto como explota dentro de mí y una pequeña réplica de orgasmo hace que las paredes de mi sexo se contraigan negándose a dejarlo ir. Tras unos minutos recomponiéndonos y besándonos, él se hace a un lado poniendo su cabeza sobre su brazo y yo pongo mi cabeza sobre su pecho y me deleito con el sonido de su corazón que poco a poco va recuperando su ritmo normal.

—Entonces, veintidós días para nuestra boda…

—Sí, señor —suspiro.

—Habrá que hablar con nuestros padres, supongo —dice sacándome de mi ensoñamiento.

Busco su mirada.

—¿Decirles que lo de la boda es mentira? —pregunto con una punzada, no es que me quisiera casar, pero después de esto SI QUIERO. Dios qué destreza, cómo me llena, no me extraña que Maléfica no lo quiera soltar. Yo no mordería ni amenazaría, yo directamente iría con revolver en mano dispuesta a pegarle un tiro a cualquiera que se acerca- se a mi hombre. «Mi hombre…, mi príncipe, mi duque…», suspiro yo y mi princesa interior también.

—¿Quieres, o quieres seguir con la mentirijilla?

Pienso.

—Por lo menos hasta después de la yincana.

—Oh, mierda, la yincana —exclama—, hay que practica, era el sábado, ¿verdad?

Se incorpora en la cama preocupado.

—Hay tiempo —digo volviéndolo atraer hacia a mí envolviéndolo con el brazo su cuello y veo mi reloj.

Mierda ¡Ask!

Me incorporo de golpe y Jason se asusta.

—¿Qué pasa?

—Que llego tarde para recoger a Ask —digo levantándome de la cama poniéndome la ropa apresuradamente, tan rápido que me olvido ponerme las bragas que posan a un lado de la cama de Jason. Las cojo y me las meto en el bolsillo. Jason también se viste. Quiere acompañarme, pero le digo que tengo mi coche abajo, protesta pero no me retiene. Me cruzo con una mujer escultural, una diosa hermosa a la que reconozco es la hermana de Jason. Me disculpo por no pararme a saludarla. Jason corre tras de mi hasta el ascensor y antes de que las puertas se puedan cerrar, me da un beso en los labios. Llevo los zapatos en la mano.

—Te quiero —dice.

Sonrío y las puertas del ascensor se cierran.

30

Jason

—Te quiero —digo y soy correspondido con una sonrisa, ¿una sonrisa? ¿En serio? ¿Solo eso? Dios no le ha gustado, pero se ha corrido dos veces y ¿si ha fingido? Me muero como haya fingido. No, no lo ha hecho, la he sentido. Mi hermana me mira flipada.

—¿Esa era Jenn? —pregunta.

La miro con cara de pena.

—Sí…—arrastro la voz.

—Y ¿esa cara?, deberías estar dando brinquitos, por lo que he visto, habéis follado.

—Sí. Eso hemos hecho, follar. Yo le hacía el amor y ella me follaba —digo poniendo dramatismo en mi voz.

—Y ¿qué pasa?

—Que no le ha gustado —confirmo.

—¿Cómo sabes eso? —dice mi hermana queriéndose reír de mí.

—Me ha sonreído.

—Y ¿eso es malo? —pregunta y arruga la frente.

—Le he dicho te quiero —digo y mi cuerpo se desinfla toda la emoción y todas las sensaciones que tenía hasta hace un momento han desaparecido de golpe se las ha llevado con esa sonrisa.

Dak pone los ojos en blanco y me agarra de la muñeca tirando de mí hasta el interior de mi apartamento.

—Hombres… —suspira.

Madre de brujas

31

Jenn

Me pongo los zapatos mientras baja el ascensor, este se detiene en el piso quince una pareja que a la leguas se nota que acaban de tener sexo, me mira y se ríen. Por alguna extraña razón que no alcanzo a comprender, tengo la necesidad de decirlo.

—Yo también acabo echar un polvo, no os riais tanto que no sois los únicos que folláis en este edificio —digo terminando de colocarme la cola en su sitio.

Salgo corriendo, pasando por el medio de la prensa que aún siguen ahí y me monto en mi Chevrolet destartalado cagando leches al colegio de Ask.

«Una sonrisa, Jenn, en serio», me digo. Quería decirle a Jason que yo también lo quería pero se me atoró en la garganta y se lo dije mentalmente con la esperanza que tuviera algún poder telepático.

—Es un tío, Jenn, necesitan empujoncitos», dice mi princesa interior.

«Joder, tienes razón».

«Claro que la tengo, anda mándale un WhatsApp, atontada».

Me detengo en un semáforo y saco mi móvil del bolso. Busco en mis contactos y encuentro al duque y un grupo de WhatsApp que Mary acaba de hacer. La madre que la parió.

El duque
Escribiendo...
Espero que hayas llegado bien y que hayas podido recoger a Ask.

Yo
Estoy en un semáforo

El Duque
Escribiendo...
Putos semáforos

Yo
Ya los odio 😡
Por cierto YO TAMBIÉN 💀

El Duque
Escribiendo...
🖤

Grupo de WhatsApp La Molina de Baker
Escribiendo...
Mary
Holaaaaaa

Yo
¿No tienes croissants que hacer?

Mary
Escribiendo...
🙈

Miro al frente porque el semáforo se ha puesto en verde, cambio de marcha.

Mierda.

Mi Chevrolet hace un ruido raro y empieza a salir humo por el capó. Lloriqueó en el volante y pego un grito. Llego tarde, nunca había llegado tarde. Ask debe estar muy inquieto y solo. Oh, Dios soy un desastre. Salgo del coche y echo a andar. Solo queda una manzana así que apresuro el paso hasta que termino corriendo. Cuando entro en el recinto, me llevo una desagradable sorpresa. Izan está ahí, sujetándole la mano a mi bebé.

Todos los demonios de este mundo y de otros colindantes me entran por el cuerpo y me poseen.

—Suelta a mi hijo ahora mismo —digo intentando mantener la calma.

Ask me mira de reojo sujetando con fuerza la mano del hombre que quería que lo abortara.

—Debería darte vergüenza llegar tarde a recoger a nuestro hijo —énfasis en hijo, será cabrón.

—Preferí esperar a que llegaras, ya sabes, protocolo de seguridad. —La señorita Alice me guiña un ojo y se despide de nosotros—. Hasta el sábado, Ask, ahora no podrás quejarte, dos papás para llevar a la yincana.

Ask no sonríe, me mira serio, y por primera vez en la vida me siento como una mierda. Bueno, me he sentido como una mierda muchas veces, desde luego esta es la más significativa.

—Me mentiste —dice y noto como mi corazón empieza a desquebrajarse—, eres la mamá de brujas ¡Mentirosa! —grita y se me parte el corazón, explota como una bomba. Siento y oigo el estallido en mi interior.

Izan me mira negando con la cabeza.

Maldito Izan, si lo odio más reviento.

Él se agacha y se dirige a «mi hijo».

—Campeón, ¿por qué que no vas a columpiarte mientras mamá y yo tenemos una pequeña conversación? —dice y el ingrato rompe corazones de mi hijo obedece.

Mientras, y aunque puede que suene a que estoy pidiendo ayuda no es así, decido mandar un mensaje a Jason mandándole la ubicación del colegio omitiendo que Izan está aquí, más que nada para que no se hostie por el camino de la rabia, porque estoy segura de que es de los que pisan acelerador cuando se enfadan. Me meto el móvil en el bolsillo trasero del vaquero.

—¿Qué quieres, Izan? Ya te has salido con la tuya, ya has visto al niño, ¿qué más quieres?

El mira al suelo y luego a Ask.

—Me voy el viernes a Afganistán.

—¿Qué?

—¿Dónde crees que he estado todos estos años?

Hostia puta. Esto sí que no me lo esperaba. Ah, bueno…, y no os he contado. Izan es militar del ejército de tierra y yo… también lo era, digamos que deserté en el momento que me quedé embarazada de Ask.

Veía como mis compañeros y compañeras dejaban atrás a sus hijos para hacer las misiones y yo no estaba dispuesta a eso. Él no estaba dispuesto a dejar el ejército, esa fue nuestra mayor discusión y supongo que la que acabo conmigo abandonada en una gasolinera.

No sé qué decir. He enmudecido de repente. Lo miró y me escuecen los ojos. Izan me mira y debe haber visto que he abierto la puerta porque me abraza y lloro en su pecho.

—¿Se lo has dicho a Ask? —pregunto.

—No, solo le he dicho lo que tú ya le habías contado, pero quitándole el cuento que una mina en ¿Kenia? me mató.

Sonrío.

—Tenía que matarte de alguna manera.

—Y esa fue la muerte más digna que encontraste.

—Sí, esa y un fusilamiento de tropas enemigas, pero me pareció demasiado macabro para un niño, así que opte por la primera.

—Oh, vaya…, gracias.

—Tu chico —informa haciendo un gesto con la cabeza y me separo de Izan rápido limpiándome las lágrimas con el dorso de la mano, secándomelas en el pantalón.

—¡Jason! —exclama Ask que corre a sus brazos.

Cuando quiero acudir el encuentro de Jason, Izan me detiene.

—¿Es buen tío? —pregunta.

—El mejor —él me sonríe.

Jason me mira desde la distancia, manteniéndola pero expectante, intenta parecer tranquilo, hasta habla con Ask animado. No me quita ojo de encima.

—Cuídate, Jenn.

—No, no lo hagas no te despidas de mí —le pido que no lo haga no me gustan las despedidas.

—¿Puedo hacerlo de Ask?

—Izan…

—Por favor.

Lo miro con recelo, a esto me refería, a esto exactamente, quería ahorrar ese dolor a mi dolor de panza, joder.

—Vale —digo y me aparto.

—¡Campeón! —lo llama.

Ask viene corriendo, dándole su mochila de Bob Esponja a Jason. Me acerco al coche dejándolos solos.

—¿Qué significa esto? —me pregunta.

—Puedo explicarte luego —digo con la voz temblorosa.

Jason me mira y al ver la mochila de Izan entiende y asiente. Se mete dentro del coche dándome una suave caricia en la espalda.

Veo como Izan se agacha a abrazar a Ask y este le abraza con fuerza, a mi hijo se le escapa alguna lágrima. Están así unos segundos, casi un minuto, hasta que Izan se incorpora y coge de la mano a Ask que se agarra a su pierna.

—Cuida de mamá, ¿vale? —dice bebiéndose las lágrimas, cosa que me coge desprevenida. Nunca había visto a Izan en ese estado.

—Lo haré y Jason también lo hará, ¿verdad que sí?

—Sí, claro, pequeño.

Me coge de la mano y me la aprieta, me da un beso en la mejilla metiéndose en el coche, yo estoy con los brazos cruzados negándome a despedirme de Izan, maldito sea. No puedo odiarlo. Me abalanzo y lo beso en la mejilla.

—Hasta luego, Izan.

Él me hace el saludo militar y yo soy incapaz de responder, me monto en el coche de Jason. Sin mirarlo.

—Arranca, Jason. Te lo suplico.

Ask sale del coche. Jason me pide que me quede un rato.

—¿Le sigues queriendo?

—¿Qué? No. Solo que me duele. No me gustan las despedidas, por esa misma razón por momentos como este dejé el ejército.

—¿Qué?

—Sí, ejército de tierra, como Izan. Ahí nos conocimos.

—No lo sabía —dice sorprendido.

—No te lo he dicho, solo lo sabe Mary, y mi familia, claro.

—¿Entramos?

Antes de que salir del coche le retengo.

—Quiero que sepas que aunque empezamos esto casi como una broma —cojo aire—, me he enamorado de ti, es absurdo porque apenas nos conocemos, pero siento que no puedo dejarte ir.

Jason me coge la cara y me acaricia la mejilla con el pulgar, clava sus preciosos ojos, se inclina y me acerca para besarme.

—Yo tampoco puedo dejarte ir, Jenn, yo también me he enamorado de ti.

32

Jason

Sorprendido es poco. Jenn ¿soldado? Mi Jenn… la que hace pastelitos y cupcakes, insólito. Aunque eso me pone más cachondo aún. Nos besamos durante largo tiempo hasta que nuestros teléfonos pitaron a la vez.

Grupo de WhatsApp La Molina de Baker
Mary
Ey, tortolitos, que hay niños delante.

Christian
Escribiendo...
¿Qué? ¿Cómo?
¿qué me estoy perdiendo? 😰

Mary
Escribiendo...
Havemus bodorrio

Mi princesa
Calla loca. No Havemus bodorrio

Jazz
Escribiendo...
Cena en casa de Barbs el domingo

—¿Quién es Barbs? —pregunto.
—Bárbara, mi madre —contesta—, la llamamos así para molestarla.
Ríe.
—Tú y tu hermana sois tremendas. Te importa si llamo a mi hermana, quiere conocerte, podríamos ir a cenar.
Deslizo la pantalla de mi móvil y busco en WhatsApp el contacto de mi hermana. Le pido que venga para que conozca a Jenn. Dak al

principio se muestra reticente, pero acepta, le envío la ubicación y me comenta que los papás quieren conocer a Jenn, que cuando podríamos ir a casa. He aceptado a regañadientes, he estado un buen rato inventándome excusas bajo la mirada de Jenn de la que me doy cuenta de que no conozco apenas, he estado tan enfrascado en conquistarla que ni me he tomado la molestia de conocer su pasado.

33

Jenn

—No, es decir, sí, pero cenamos aquí en casa. No creo que aguante más paparazis y de milagro no nos hemos encontrado alguno en el colegio, ni aquí, por cierto. ¿Dónde están?

Busco y ya no hay nadie, ni periodistas ni paparazis ni nada; eso me alivia y me entristece, la caja lo estaba agradeciendo. Había tenido más ventas en estos últimos días que en todo el año.

Jason teclea en su móvil, seguramente está invitando a su hermana a casa. No voy a decir nada a Jazz, le voy a dar una sorpresa. La cara de Jason se ha tornado preocupada, lo miro de reojo esperando a que acabe de escribir en el móvil. El encuentro con Izan lo ha descolocado, lo sé. Está muy callado y eso me asusta; que Izan vaya a irse a Afganistán y que yo me haya enterado de que ha estado ahí todo este tiempo que ha estado ausente no quita que lo que me hizo no estuvo bien, él eligió su carrera militar a su hijo, puso prioridades ante Ask que debía ser la primera prioridad en su vida. No lo hizo, huyó cobarde dejándome de la peor manera que se puede dejar a una mujer, al menos para mí, humillada y embarazada.

En el momento que supe que iba a ser madre lo tuve claro, quería tener al bebé. Sí, me asusté, lloré, me arrepentí, dudé…, pero lo tuve y salí adelante. No quería ser una madre que tenía que dejar atrás a su cachorro para ir a combatir a una guerra que no es mía sin saber si voy a volver a ver a mi hijo. Ya lo experimente con Jazz. Ella tenía ocho años cuando a mí me destinaron a la base de Cádiz, España, pasé solo un año ahí, pero todos los días, a cada hora, extrañaba a mi hermana, sentarnos en el sofá con las cortinas corridas con palomitas y refrescos y ver algún clásico de Disney, para mí eso era importantísimo y un rato precioso que pasaba con mi hermana diez años menor que yo y mientras estuve ahí la eché mucho de menos y me partía el corazón cada vez que la llamaba y me decía que me echaba de menos y lloraba cada vez que le decía que no podía volver.

—Ya le mandé la ubicación a mi hermana, en media hora estará por aquí —dice sacándome de mis recuerdos.

—Ah, vale. Pues vamos —digo y abro la puerta del coche, él me detiene cogiéndome de la muñeca.

—Espera, ¿dónde vas tan rápido?

—A casa…

—No sin mi beso —dice inclinándose sobre mis labios apoderándose de ellos, haciendo que un retortijón suceda en mi vientre. Gimo al sentir su lengua apoderándose de mi boca.

—Espera, espera —digo con mi labio inferior entre sus dientes—, o tendremos que irnos a tu casa.

—Pues nos vamos, ¿qué problema hay?

—No, si yo encantada, pero recuerda que tu hermana está en camino.

—Cierto —gruñe.

Sale del coche bordeándolo y me abre la puerta, mi princesa interior suspira con las manos entrelazadas. Y el nivel de enamoramiento crónico me sube unos centímetros.

Entramos por la pastelería.

Ask está devorando un croissant de chocolate que Mary le ha dado. Mi hermana está fregando las tazas y Mikel está detrás de ella diciéndole cómo tiene que fregarlas, según él lo está haciendo mal. Mary me sonríe al entrar y alza un sobre blanco por encima de su cabeza.

—Mira lo que te acaba de llegar —dice, sale de detrás del mostrador y viene hacía mí dando saltitos.

Jason se ha sentado con Ask y observa la reacción de mi amiga que me sorprende, no esperaba correo hoy.

Cuando se acerca a mí, veo el logotipo de Walt Disney y abro los ojos.

—La respuesta a la segunda reclamación —informo mirando el sobre.

Jason me mira sorprendido.

Le miro.

—Mejor no preguntes.

Cojo la carta de las manos de mi amiga que juguetea conmigo.

—Trae para aquí, payasa, esto es muy importante.

—¿Qué es eso? —musita Jason mirando a Mary.

—Una reclamación de Jenn a Walt Disney por engañar a niñas ingenuas de que el amor existe y los príncipes azules también.

—Y nos hace ser personas débiles que solo servimos para estar monas, dejar que nos humillen y someternos a un hombre porque no sabemos defendernos solas.

—Bueno…, chochete, a ti ya te han salvado el culo dos veces —dice Mikel y yo lo fulmino con la mirada.

—No lo puedo creer, Jenn, ¿volviste a mandar la reclamación?, por lo que recuerdo ya te contestaron y te enviaron una taza muy mona, por cierto, lo siento…, pero se me ha caído.

—¿¡Que has roto mi taza!? —exclamo.

—¡Ábrelo ya! —grita Mary impaciente

—Ya voy, ya voy…

Abro el sobre con los dedos temblorosos y un nudo en el estómago, hasta mi princesa interior está a la expectativa. Jason me mira con una ternura que me estremece y Ask, que se ha subido a la silla para estar a mi altura, me zarandea.

—Vamos, mami, ábrelo ya.

—Ya lo estoy abriendo. No me pongáis más nerviosa de lo que ya estoy.

Saco el papel del sobre veo que hay un par de tarjetas en el interior pero antes cito:

Querida Jennifer Christina Baker:

Lamentamos profundamente que no haya podido encontrar a su príncipe azul —¿se están burlando de mí? —. Como habrá podido comprobar en estos últimos tiempos, hemos cambiado mucho la temática de nuestras películas porque sí, usted tenía razón. Las películas que ahora proyectamos dan una imagen de princesas fuertes e independientes. Para compensar nuestro fallo y la contestación a la reclamación anterior que nos hizo, poco acertada por nuestra parte, le enviamos cuatro billetes para Florida con todos los gastos pagados en un hotel de nuestro parque con pensión completa. Esperemos acepte nuestra invitación y podamos reunirnos pronto para poder darle las gracias y pedirle disculpas personalmente.

No quepo en mí de gozo. Me han dado la razón, tenía la razón y lo han reconocido. Jason ríe y pregunta:

—¿Demandaste a Walt Disney?

—No le demandé. Puse una reclamación. La demanda la iba a poner después si no me contestaban o volvían a mandarme una mierda de tacita.

—¿Nos vamos a Disney World? —pregunta Ask

—¿Ya no soy la mamá de brujas? —pregunto sujetándole en la silla en la que está de pie.

—No, eres la mejor mamá del mundo —dice, y unas palabras como esas no me habían hecho sentir más feliz.

—Mira que eres pelota.

—¿Cuándo nos vamos?

Miro los billetes y no tienen fecha, supongo que tendré que poner yo la fecha. Dentro hay una especie de carta de instrucciones en la que, en efecto, me dan un número de teléfono con la referencia de la reserva para que llame y diga cuando voy.

—Bueno, iremos antes de que acaben las vacaciones de verano. Recuerda que tienes que ir a casa de la abuela.

—La bisa y la abuela pueden esperar —dice mi hijo con un gesto de despreocupación que nos arranca una sonrisa a todos.

—Pues no se diga más.

—Pero hay tres billetes.

—Es verdad.

—Obvio que voy a ser yo la tercera propietaria de ese billete —dice Jazz.

—Y ¿el segundo?

Miro a Jason

—¿Quieres que vaya? —me pregunta sorprendido.

—Claro, con quién si no voy a ir.

Jason mira a Mary

—A mí no me mires que soy más de Nickelodeon o de la Warner.

—Que os parece si nos vamos el domingo después de la yincana —pregunto.

—¡Síí! —exclama mi niño dándome una ráfaga de besos en la mejilla.

Subimos al apartamento. Miro la nevera y me acuerdo de que esta semana ni Mary ni yo nos hemos acordado de hacer la compra, así que pedimos a un chino y llamamos a un restaurante de comida vegetariana para Dakota.

Jason está poniendo la mesa cuando el timbre de la puerta suena. Jazz está en el baño haciendo… no sé qué está haciendo ahí, lleva más de veinte minutos encerrada.

—Es mi hermana —dice Jason mirando por la mirilla, va a abrir.

—No espera —Sonrío—. Jazz, ¿puedes abrir tú?

—Tú estás más cerca de la puerta, abre tú.

—¡Abre la puerta, Jazz, o no vienes con nosotros! —amenazo.

Oigo como el pestillo de la puerta se abre y el resoplido de mi hermana atravesando el pasillo. Jason me mira extrañado.

—Esta colada por tu hermana, es su acosadora cibernética —susurro.

—¿No me jodas?

Asiento con cierta mirada picara tapándome la boca.

—Vamos a escondernos —susurro.

—Será posible lo vaga que puedes llegar a ser, Jennifer…

Cuando abre la puerta, mi hermana se queda paralizada y pálida como un fantasma. Para mi sorpresa, Dakota también.

Qué guapa es, aún más en persona. Impone.

—Ho…o…la —titubea mi hermana.

—Hola.

Jason, que no aguanta más la presión de no poder descojonarse, sale al encuentro de su hermana.

—Pasa, Dak, no tengas vergüenza.

—Sí, claro, gracias —musita avergonzada.

—Hola. —Salgo de mi escondite tragándome la risa por la cara de mi hermana que esta roja, pero roja casi azulada.

—Te presento al amor de mi vida, mi princesa —dice y me da un casto beso en los labios, el cuerpo reacciona temblando, sentir sus labios sobre los míos aunque sea así me trastoca.

—Encantada —le doy dos besos.

—Qué guapa es, Jason, aunque te vi salir despavorida esta mañana y no pude verte bien —indica y me sonrojo.

—Ah, ¿eras tú la chica con la que me cruce en el pasillo?

Sé que era ella pero me hago la tonta para no quedar como la hermana de la acosadora.

Miro a Jazz, sigue en la puerta agarrando el pomo petrificada

—¡Jazz! —grito y ella da un respingo—, cierra la puerta, o se nos va a colar todo el calor dentro. Tengo el aire acondicionado puesto; nos ha cogido una ola de calor estos días que esto parece el valle de la muerte.

—Oh, sí, perdona.

Cierra con la cabeza gacha

—Voy, voy… a avisar a los demás.

Dice y se va a la habitación de Mary que esta con Ask y Mikel, el cual últimamente pasa mucho tiempo aquí.

—Perdónala, es un poco taciturna, a veces.

—Y muy guapa —dice y sonrío. Vaya, al parecer a la hermana le ha gustado la mía. Ay, señor.

De nuevo la puerta, debe ser Christian, al que ha invitado Mary. Voy a abrir disculpándome.

—Disculpa —digo—. Pasa, por favor, siéntate, estás en tu casa — invito a que se siente.

—Gracias —contesta y va con su hermano al sofá.

Cenamos y lo que parecía una pequeña cena entre amigos, ha acabado con una fiesta improvisada.

La hermana de Jason no solo me ha caído bien, es que ya estoy haciendo de celestina para que use a mi hermana, como ella dice, como juguete sexual para secuestrarla en nuestra familia y, al parecer, está dispuesta porque ella y Jazz han congeniado de maravilla. Christian y Mary nos han dado la noticia de que son novios. Me he quedado a cuadros, en los años que llevo de amistad con Mary jamás la había visto con una pareja formal. Ask ha caído rendido en la cama por la euforia de ir a Disney World. Reconozco que yo también estoy de los nervios. Mikel hace rato que se ha ido, Phil le ha llamado, para sorpresa mía y de Mary para recoger su llave, ha encontrado piso y por fin se larga de casa de Mikel. Queríamos acompañarlo pero no nos ha dejado, el viernes será un día de ritual, seguro, me lo temo…

El ritual

34

Jenn

Tal como temí. Hay ritual... Mikel está destrozado, le he dado días libres aprovechando que Jazz ya se desenvuelve. Pero hoy viernes es día de ritual. Tequila y ritual de despedida.

Mary ha colocado velas por toda la casa desde la entrada hasta el salón, es un camino de velas por donde tendremos que pasar y digo tendremos porque me han obligado a darle el último adiós a don O —les odio—, mi hermana se ha sumado esta vez al estúpido ritual, como ella lo llama, supongo que querrá ver con sus ojos cómo me desprendo de mi querido y amado consolador.

En mi habitación lo miro con pena.

—No es por ti, es por mí, he encontrado a alguien que me hace más feliz y que no va a pilas y por ende, no me va a dejar a medias cuando se le agoten —digo a mi consolador con el que tan buenos ratos hemos pasado.

«¿Tenemos que desprendernos de él?», pregunta entre sollozos mi princesa interior con la cara encharcada en lágrimas.

«Es por nuestro bien, princesa, es lo mejor», digo con tono triste acompasado de un suspiro que hasta a mí me ha dolido.

Mikel ya ha llegado con una caja de zapatos en la que guarda los pocos recuerdos de los momentos felices vividos con Phil, un par de fotografías y el muñeco que ganó para él en una tómbola en Coney Island, ambos nos ponemos al principio del camino. Lo recorremos como si estuviéramos en una procesión de semana santa española, literalmente; Mary ha puesto los pasos en el iPod y una saeta suena de fondo. Sujeta una vela asintiendo con la cabeza, esto es serio. Jazz, a la que se le escapa alguna que otra risita, también está sujetando una vela. El camino aparte de las velas está cubierto de pétalos de rosa roja como la sangre por el dolor de la despedida.

Ponemos los objetos en un círculo de velas que Mary a predispuesto en el centro del salón, pareciera que vamos a hacer una ouija, qué dramática se me pone la española a veces.

Los colocamos en una cama de flores que ha hecho aquí la sacerdotisa de mi amiga y esta inicia el ritual.

—Amigas, ¡hermanas! —grita—, nos reunimos hoy para despedir a nuestros objetos más preciados al ¡inicio! —vuelve a gritar haciendo que dé un respingo— de una nueva vida: como la hermana Jennifer, que ¡por fin!, ha encontrado a su príncipe azul que no destiñe y que la empotra contra el ¡cabezal!

—¿Puedes dejar de gritar? Pareces una loca —mascullo.

—... ¡Calla!, hermana Jennifer, y continuemos con el ritual —dice y continua—, como ¡decía! Hoy nos desprendemos del pasado para iniciar una nueva andadura dejando atrás los lastres que nos impiden avanzar.

—Don O no es un lastre, es una artículo de primera necesidad —informo levantando el dedo índice.

—Ssssh... calla, Jenn, esto es serio —dice Mikel concentrado.

—Y lo mío también... —me callo porque la sacerdotisa me fulmina con la mirada.

—Nos desprendemos de los lastres, hermanos —indica invitándonos a tirarlos al cubo de basura al que Mary a floriturado con flores y purpurina, ya verás lo que va a costar quitar todo eso.

—Adiós, Phil —dice Mikel con la voz temblorosa poniéndose una mano en la boca, está a punto de llorar.

Oh, no... ya está llorando.

—Te toca —dice Jazz a la que fulmino y hago una mueca.

—Adiós, Don O, pero es que lo mío no es necesario y si lo mío con Jason no va, ¿qué?, me tendré que comprar otro.

—¡Ponlo! —gritan los tres.

—Vale, vale, tampoco es para que os pongáis así —digo colocando al juguete que tantas noches de placer me ha dado—. Adiós, querido. Te echaré de menos —digo despidiéndome de mi objeto de placer poniéndole el dramatismo que se merece. Me están matando.

—Cerremos pues, hermanas, este ritual.

Jazz, que se ha convertido en la monaguilla de la sacerdotisa, nos pasa una bandeja con los chupitos de tequila. Los cogemos y a la señal de la sacerdotisa, nos lo metemos dentro del cuerpo ese y otro y otro y otro hasta que se acaba la botella y seguimos con Margaritas que ha preparado Jazz.

Y como en todo ritual que se precie nuestro, damos broche de oro poniendo en el iPod de Mary nuestra canción favorita Ego de The Saturdays. Terminamos haciendo playback con nuestro baile particular subiéndonos a las sillas y a las mesas con las cucharas de madera como micrófonos —menuda manada—. Pero mi manada, no sé qué hubiera sido de mí sin estas locas en las que incluyo a Mikel, que es un miembro reciente pero fundamental para nosotras. Si me dieran a elegir entre una disco petada hasta los copetes de gente desconocida a Mary, Jazz y Mikel en casa hasta arriba de tequila, margaritas y Ego elijo lo segundo sin dudar.

Tengo un pedo que ya no sé ni lo que digo.

—Voy a echar de menos a ese pequeño trasto —digo con la voz tomada por el alcohol.

—Nah, ahora tienes al duque empotrador.

—Cierto.

Hipo.

—Sí que me empotra sí —río.

—¡Calla! Joder, qué asco —dice mi hermana intentando levantarse para ir… a yo que sé dónde va.

—¿Dónde vas, a robarme el wifi? —digo y me rio.

—Qué yo…bah, qué más da. No me vas a creer —dice y se tropieza con una silla—. ¡Uh! casi me hostio —se tambalea y coge su móvil.

—Voy a llamar a Dak… Qué buena estás, Dak. Estás buena que te mueres. Quiero echar un polvo contigo antes de que te operes, joder. No me importa —dice y entrecierro los ojos y veo que no ha marcado el número.

—No has marcado el número —informo y me levanto y caigo de rodillas todo me da vueltas.

—A ver… —mira a la pantalla del móvil—. Ah, coño, es verdad —ríe tambaleándose y apoyándose en mi estantería de Ikea a la que le falta una pata, o Mary y yo no supimos montarla o Ikea nos estafó. La estantería se tambalea.

—Ahora sí. Está dando tono —dice con tono entusiasmado.

Pone el mano libres a tientas.

—Hola, Jazz —dice Dakota al otro lado del teléfono.

—Ho-ola… —dice hipando —quiero follar…

—¡Hala, que fina! —grito.

—Jazz, ¿estás bien?

—Nop, quiero echar un polvo antes de que te operes.

—Jazz, ¿estás borracha?

—¡Sí! —gritamos todos.

—Y vosotras también, así que ¡chitón!

—Jazz… ¿quieres que vaya a recogerte?, ¿dónde estás?

—¿Vamos a follar?

—Jazz, ya hemos hablado de eso y además, estás borracha.

Vaya, llevan dos días saliendo y ya hablan de cosas íntimas. Me sorprende, esto va en serio ¿mi hermana?, ¿la lesbiana empotradora? Qué fuerteee.

—Estoy en casa de la mala influencia de mi hermana mayor que me ha obligado a beber.

—Serás…mentirosaaaaa —digo aún de rodillas intentando levantarme.

—Jenn, ¿está bien?

Jazz me mira y ladea la cabeza.

—Creo que no, esta de rodillas haciendo el perrito. Creo que quiere que tu hermano la empotre.

—¡Calla, coño…! que no me puedo levantar, hostia.

—Voy para allá —se oye una voz, la voz de mi príncipe azul.

—Espera —dice Dakota colgando la llamada.

—Me ha colgado —dice mi hermana con los ojos abiertos, resopla y se apoya en la estantería dejando caer todo el peso de su cuerpo y toda la estantería al suelo: libros, figuras, botellas de vino vertiéndose sobre la alfombra.

—Hija de tu madre ¡mis botellas! —grita Mary—. Oh, dios mío… mi vino, mi vida ¡Jazz, voy a matarte!

A Mary parece habérsele ido el pedo al ver todas sus botellas desparramándose en la alfombra, son dos botellas solo, puede conseguir más, pero mi amiga es así de dramática.

Llora.

—¡Mi vinoooo! —lloriquea recogiendo los cristales rotos de las botellas.

He vomitado dos veces mientras ayudaba a limpiar el vino del suelo y de la alfombra. Jazz y Mikel han caído rendidos en el sofá, que poco aguante.

Tocan a la puerta, son las dos de la madrugada ¿quién será?

Cuando abro veo a Jason plantado en la puerta.

—Mañana es la yincana de Ask, ¿piensas ir con resaca?

Lo miro sorprendida.

—¿Qué haces aquí?

—He oído que no estabas bien y por lo que veo no me equivocaba

Le abrazo.

—Vamos, anda.

Me coge de la cintura y yo pongo mi cabeza en su hombro.

—Mira, Mary, mi príncipe ha venido a rescatarme de la resaca.

Mary gruñe poniendo los ojos en blanco.

—¿Qué ha pasado aquí?

Observa todas las velas ya apagadas algunas consumidas.

—El ritual…

Quiero cerrar la puerta.

—No, espera, Dak está aparcando.

Abro los ojos y voy junto a mi hermana. La despierto.

—Jazz, Jazmín, que Dakota está aquí.

—Ehn, ¿qué?, ¿qué? —balbucea mi hermana despertándose de un salto.

—Vamos a tu habitación —me pide Jason.

Mi princesa interior se emociona pensando que esta noche va a verse con su caballero de reluciente armadura.

Entramos en mi habitación. Jason me sienta en la cama.

—¿Dónde tienes los pijamas?

Señalo hacia el mueble que está junto a la puerta.

—¿Pijama?, ¿para qué? yo no quiero dormir —protesto.

—Vas a dormir quieras o no —ordena y gruño.

Me levanto mientras él me busca un pijama y me encaramo a su espalda abrazándole por la cintura llevando mi mano hacia el interior de su pantalón, él me detiene.

—Esta noche no, cariño, estás un poco perjudicada.

—¿Yo?, no. Se me ha ido ya.

—No, cielo, ahora vas a darte una ducha y a dormir. Mañana, mejor dicho; en un par de horas tienes que estar fresca.

Protesto y mi princesa también.

—He roto con don O por ti y así me lo pagas —digo mientras sigue rebuscando en mis cajones en busca de pijamas, que no uso, por cierto.

Él me lleva a trompicones a la ducha y abre el agua fría. Me quita la ropa despacio, con cuidado. Lo está pasando mal, lo sé, se le nota en el pantalón. Ladeo la cabeza, le rodeo con los brazos el cuello y le beso dejando mi rastro en él haciéndole un chupetón.

—¿Seguro que quieres que duerma?

Gime.

—Sí —musita y pone sus manos en mi cintura encendiéndome el fuego que apaga poniéndome debajo del chorro de agua fría.

Boqueo al sentir el agua fría cayendo sobre mi cabeza.

—No te enfades conmigo, princesa, pero me gustaría follarte estando sobria o por lo menos en igualdad de condiciones.

Sonríe y me derrite.

No puedo odiarlo ni enfadarme, ese gesto me demuestra que es un hombre de los pies a la cabeza. El nivel de enamoramiento crónico sube unos cuantos centímetros más, está a punto de desbordar.

—Gracias —digo mientras me frota la espalda y me da un ligero beso en el cuello.

Me pongo lo que se supone que para él es un pijama, una camiseta de tirantes y un culote y me meto en la cama con la ayuda de mi príncipe.

—¿Qué hora es? —pregunto.

—Las tres menos cuarto.

—Uhm, aún me da tiempo a echarme una cabecita antes de ir a poner el pan en el horno —mascullo mientras me voy quedando dormida.

La luz del día me despierta y la canción de la entradilla de Bob esponja.

—Oh, Dios, me he quedado dormida.

Jason no está. Me decepciono, pensé que se quedaría conmigo a dormir, pero no ha sido así. Salgo de la habitación y Jazz tampoco está. Mikel está espatarrado en el sofá, vestido con la ropa de la noche anterior. Ask está sentado en el suelo frente al televisor.

—Buenos días, mami, ya estoy listo, Jason me dijo que no te despertara. Me dio el desayuno.

¿Jason?

—Ha bajado a poner el pan en el horno —me informa mi hijo y me sorprendo.

¿Jason ha ido…? Oh, Dios.

Cuando bajo ya está todo listo, los croissants y el pan en las bandejas y la segunda hornada haciéndose. Lo busco con la mirada por la cocina y no lo veo. Voy hacia la tienda y lo veo limpiando las mesas.

—Buenos días, princesa.

35

Jason

Aún recuerdo cuando la cocinera del castillo de Essex nos ense-
ñaba a mí y a Dakota a hacer pan. A mi abuelo le gustaba el pan re-
cién horneado y todos los veranos que pasábamos allí de niños nos la
pasábamos en la cocina, de ahí mi desenvoltura y la de mi hermana en
la cocina.

Esto no va a ser difícil, aunque los hornos son más modernos son
prácticamente los mismos. No me es complicado encenderlo. A los
minutos el olor a pan cociéndose inunda la cocina y viejos recuerdos
asaltan mi memoria. Inglaterra se cuela en mis pensamientos y siento
cierta añoranza. Montar a caballo con el abuelo, ir a cazar... Se me hace
la boca agua al recordar el faisán asado que preparaba Lulú, la cocinera. Qué curioso que un olor como el del pan me haga recordar todo
esto. Echo de menos al abuelo, cuando todo esto acabe iré a visitarle
y quizás, si ella quiere, llevaré a Jenn y Ask, estoy seguro de que a él le
encantará.

Cómo me hubiera gustado poder tener descendencia. Debí hacer
caso a mamá aquella mañana y no subirme al árbol del jardín, estaba
demasiado alto, no debí subir tanto. Gracias a Dios pude contarlo, pero
mis soldaditos no, fue tan brutal el golpe que me di... Caí en una rama
que literalmente me reventó los huevos, me tuvieron que intervenir qui-
rúrgicamente y todo. Aquello me dejó estéril. Espero que eso no sea un
impedimento para Jenn, porque ella me gusta mucho; estoy enamorado
como un idiota, si me rechazara por eso... no podría soportarlo.

Mientras se hace el pan voy a la tienda a limpiar las mesas, así les
ahorraré tiempo a Jenn y Mary. Mikel está fundido, no creo que pueda
mover un dedo y hasta donde yo sé, Jenn le dio unos días libres. Jazz

aún no ha vuelto de casa de Dakota. Oigo ruido en la cocina.

—Dios Jason, no, ¿por qué no me has despertado?

—Porque necesito que estés en condiciones para la yincana de Ask.

—Pero si vas a competir tú, yo solo voy a aplaudir y sacudir los pompones.

—Bueno, para que los sacudas con más fuerza.

Le sonrío mientras sigo trapeando las mesas y colocando las sillas. Me mira y me detiene. Asalta mi boca cogiéndome desprevenido. Respondo al beso agarrándola por el trasero y pegándomela al cuerpo, mi caballero andante empieza a dar brinquitos, la elevo encajándomela en la cintura y la llevo hasta una de las mesas que tiene un sofá bastante confortable, por cierto. La recuesto, le abro las piernas poniendo mi cuerpo sobre ella y encajándome en ellas, le beso el cuello y le doy un ligero mordisco en el lóbulo de la oreja. Gime y la polla se me pone dura, tanto que hasta me resulta doloroso. Me incorporo y me quito la camiseta, ella introduce las manos por debajo de ella y me acaricia el pecho, se muerde el labio encendiéndome. Dios cómo me pone.

—Podría venir alguien.

—Que venga quien quiera —jadea moviendo su cadera y rozándose con mi pantalón, joder.

Se inclina y me desabrocha el botón del vaquero, mete la mano y saca mi miembro, lo acaricia y le quito el pantalón de chándal que lleva puesto. Le quito la ropa interior y… señor, es tan hermosa. La embisto, me cuelo en ella y siento como me acoge —es tan delicioso—, gimo. Entro y salgo a mi antojo, ella empuja sus caderas y el sonido de nuestros cuerpos me enloquece, voy a explotar en cualquier momento; cierro los ojos con fuerza para evitar irme antes que ella y me detengo sintiendo como se mueve debajo de mí, las paredes de su sexo me aprisionan y me liberan. Me llevo el pezón derecho a la boca y se lo muerdo suave.

—Fóllame —me suplica, y obedezco, le doy dos empales y se corre ruidosamente, mi cuerpo tiembla y se tensa encima de ella y me vacío, la lleno.

Mierda.

—No te preocupes, tomo la píldora —comenta y respiro—. Después del parto la regla se me dislocó y para tenerla a raya he estado tomando la píldora desde entonces.

La miro, si ella supiera…

Mary casi nos pilla.

Jenn ha abierto la tienda. Le deja instrucciones a Mary y a Mikel que no está en muy buen estado. Mary me ha prometido que un ibuprofeno y como nueva, ha dicho. Jazz sigue sin aparecer. Ask y yo ya la esperamos en el coche. La puerta se abre y Jenn sale con paso apresurado sonriendo.

—Vamos, mami, que no llegamos —grita Ask. Sonríe.

Se monta en el coche y mi pesar, pensaba que me daría un beso, pero me hace un gesto con los ojos señalándome a Ask, sonrío y me ruborizo.

Unos minutos más tarde ya estamos en el parque donde va a ser la yincana, la profesora de Ask se me presenta como la señorita Alice. Todas las demás mamás me miran y me incómodo. Jenn me coge de la mano.

Invictus

36

Jenn

Manada de amas de casa aburridas, sosas e insulsas. Todas y cada una miran a Jason comiéndoselo con los ojos, ni se cortan... sus maridos al lado acomplejados que hasta pena da verlos. Lidia, la mamá que llamó a mi bebé pequeño demonio, se acerca con una sonrisa enorme con ese peinado pasado de moda, su collar de perlas y la chaquetilla rosa palo anudada con un solo botón me recuerdan a las fotos viejas de mi bisabuela.

—Jenn, querida, te esperábamos —dice y se agacha a la altura de Ask y la da un apretón en su mandíbula, Ask le quita la mano brusco y la mira con el ceño fruncido y escondiéndose detrás de Jason.

Dios qué bueno está de sport, lleva las Rayban puestas le hacen ver más guapo de lo que es, le dan un aire chulesco y desinhibido que hace que me arda todo el cuerpo por dentro. Lidia se incorpora y se gira hacia él, saluda.

—Jason Stanford, es un placer tenerlo aquí. Cuando Curtis me hablo de que usted era el papá de Ask casi me muero de la impresión y de la vergüenza.

¿Ask ha dicho que Jason es su padre?

—¿Vergüenza? —pregunta Jason —¿No sé por qué?

Lidia me mira avergonzada.

—Verá, lord Stanford...

—Jason. Si no le importa.

—Nuestros hijos tuvieron un pequeño enfrentamiento, mi hijo puede resultar muy molesto a veces —se disculpa y yo abro la boca y los ojos anonadada—, verás, Jason, Curtis no sabía que usted era el padre de Ask, es más, nadie lo sabía, nos ha cogido a todos por sorpresa. Te lo tenías muy bien guardado, eh, pillina —dice y me da un toquecito que con mucho gusto le devolvería en un derechazo.

Jason no se quita las gafas de sol, sonríe. Intento sacar a esta señora de su error por la pequeña mentirijilla que mi hijo ha dado pie, pero él me lo impide.

—Imagino…, ¿señora?

—Steel —dice sonrojada.

—Señora Steel, efectivamente, Ask es hijo mío, habíamos intentado mantenerlo en secreto, ya sabe —susurra —, por la prensa y todo lo que conlleva.

¿Qué? Jason, que la estas liando, por el amor de Dios.

—Entiendo perfectamente Jason, después de la ruptura con su novia de toda la vida…

—Exacto, yo no podía casarme con alguien a quien no le gustan los niños y como comprenderá, señora Steel, mi hijo es mi prioridad.

—Los hijos primero, por supuesto —dice indignada por lo que le acaba de contar, no sé porque me da que esta es seguidora de Sharon Staton.

La señorita Alice se acerca a nosotros y nos informa que la yincana está a punto de empezar.

—Bueno, pues me tengo que llevar a estos dos caballeros para darles sus dorsales, sois la pareja cuatro.

—Jenn, tú puedes ir a sentarte allí, con las demás mamás.

—No, gracias, prefiero quedarme de pie por aquí, la luz para las fotos es mejor.

—La señorita Alice tiene razón, deberías sentarte con nosotras, nos morimos de ganas de que nos cuentes todos los detalles de la boda.

La boda, mierda.

—No, no puedo dar muchos detalles —titubeo.

—Ah, claro, que tonta soy y que metomentodo, no tengo remedio. De todos modos, ven, siéntate con nosotras, aquí vas a cansarte y el sol no te dará tregua, hoy hace mucho calor.

Lo dice la que lleva una rebeca de cachemir colgada al cuello abrochada de un botón. «Deberías aplicártelo, bonita, con esa chaqueta ya me hubiera dado un golpe de calor hace rato», pienso y me dejo arrastrar a la grada de marujas chorreantes por tener al duque escritor de novela romántica sórdida porque de erótica ya paso el nivel. Las he leído y… buf. Vale, vale, pongámonos a la yincana.

La señorita Alice y el director son los árbitros. Antes de que todo empiece el director quiere que para los que no sabemos lo que es una yincana sepamos de que va esto.

—En primer lugar, agradecer a los papás por coger unas horas de su atareado tiempo y así poder pasar un rato con sus hijos. Es muy importante para los niños. El motivo de este encuentro es celebrar el fin de curso de la escuela de verano. Veo muchas caras conocidas y me complace saber que todos los papás —vuelve a repetir, mirando a Jason no sé por qué me da que el director lo conoce— hayan podido sacar tiempo para este día tan especial y sin más preámbulos, empezamos. La yincana es un conjunto de pruebas de destreza que se realizan siempre en grupo por equipos, en este caso por equipos de dos integrantes, a lo largo de un recorrido con un objetivo lúdico y de entretenimiento. No hay competición, el plan de esto es que los niños se diviertan con sus papás. Las pruebas serán las siguientes:

Juego de carreras de cucharas: La primera pareja que llegue a la meta con el huevo aún en la cuchara gana un punto. Si uno de ellos deja caer la cuchara, debe volver a la línea de salida y volver a iniciar la carrera.

La seño Alice pasa dando a las parejas, entre ellas a la mía, una cuchara de plástico con un huevo. Cuando ya todos tienen sus cucharas el dire da un silbido con un pito y empieza el juego. Estoy súper emocionada. Tengo una cosa en el estómago que me ruboriza al ver a Jason con Ask como padre e hijo que hace que el nivel de enamoramiento crónico siga subiendo, está a punto de desbordarse.

Curtis y su padre intentan que a Jason y Ask se les caiga el huevo —qué tramposos—, pero mis niños son más rápidos y llegan a la meta, ¡toma ya!, n punto. Primera prueba superada Oh, ya tienen saludo personalizado, siento como otra gota de amor cae en el vaso haciendo que el líquido haga ondas y me tiemble el cuerpo de la emoción.

Mientras Ask y Jason se preparan para la siguiente prueba soy sometida a un interrogatorio de tercer grado de las marujas, entre ellas Lidia, que no deja de preguntar dónde será la boda y que clase de vestido voy a llevar, me recuerda que me voy a casar con el duque de Essex, está muy puesta en realeza británica por lo que veo. Una de las marujas espeta:

—Pues la Sharon esa se veía a la legua que iba a por el título de du-

148

quesa, una fresca y una descarada es lo que es ¿has visto los stories que sube? Más falsa y no nace, un año entero sin pronunciarse, yéndose de fiesta en fiesta, acostándose con Dios sabe quién y, de repente, cuando se entera que os casáis ¡Hala! A morirse, menuda falsa.

Comentarios como ese tengo que escuchar hasta el cansancio. Yo no me pronuncio, no vaya a ser que alguna de aquí me vaya a grabar y vaya por ahí diciendo algo que seguramente yo no haya dicho y la lie. Mejor, en boca cerrada no entran moscas. El director pasa a la siguiente prueba.

—Juego de carrera de sacos: Papás, nos colocamos de pie en fila dentro de los sacos. El que llegue primero gana ¡dos puntos! Listos, preparados ¡ya!

Y ahí va mi duque. Madre mía, que gana, ¡que gana! Ganó. Ese es mi chico. Me levanto y aplaudo frenética.

Bueno, ahora toca el juego de buscar caramelos en harina, el turno de mi niño, pues será por harina y por caramelos. Con las manos a la espalda, mi niño empieza a sacar uno, otro y otro y, qué pena, ha quedado detrás de Curtis. Veo como Jason le da unas palmaditas en la espalda para terminar abrazándolo y leo en sus labios como le dice:

— No pasa nada, campeón, vamos en cabeza.

Ambos me miran y levantan los pulgares yo hago lo mismo, aplaudo y grito:

—¡GUAPOS!

No es porque sean mis chicos, sino que son unos máquinas y casi han salido invictos de todas las pruebas y llega la última «El juego de la silla», chupado, Ask es el más rápido y en eso está entrenado, en Navidad, cuando nos juntamos toda la familia es uno de nuestros juegos favoritos. En esta última prueba es el turno de Ask solo, Jason se ha sentado a mi lado, como todos los papás con sus mujeres, nos abrazamos como si de verdad fuéramos una pareja y no unas personas que acaban de conocerse y se han inventado una trola la cual va creciendo por momentos convirtiéndose en un bucle del que nos va a costar mucho salir. El juego comienza y uno a uno van desapareciendo hasta que solo quedan Curtis y Ask, tras varias vueltas Curtis cae al suelo y cuando se da cuenta que ha sido el perdedor, se tira al suelo para patalear y llorar, cómo no, su madre salta cual leona a por su cachorro.

El director y la seño Alice van a darle los premios a Jason y Ask, y cuando me giro, algo que se ha movido en un arbusto, veo que hay un paparazzi y varios que se acercan a nosotros corriendo para sacarnos unas instantáneas, todo ocurre muy deprisa; Jason se abalanza sobre ellos, les grita varios impropios y nos lleva al coche metiéndonos casi en volandas a los dos.

No puedo evitar sentirme una diva del pop. Me pongo las gafas de sol y la gorra. Jason le pone una Ask, no quiere que saquen ninguna imagen de él. Un paparazzi se acerca demasiado a donde está Ask y dispara unos flashes. Jason sale del coche y lo empuja apartándolo de ahí, pero el tío sigue, no oigo bien, solo algo que hace que se me hiele la sangre y el vaso del enamoramiento crónico se desborde e inunde todo mi ser.

—No le hagas fotos a mi hijo, ¡qué te pasa!, es un menor —exclama y se mete en el coche y arranca saliendo a toda hostia del lugar.

Disney World, allá vamos

37

Jason

Cena en casa de los padres de Jenn antes de irnos a Florida, Jazz
tiene toda la ropa allí y todavía no ha hecho la maleta, nos llamó mientras huíamos de los paparazis esta mañana, hemos tenido que entrar
en casa de Jenn por la puerta trasera pasando por la casa de una señora
bastante agradable y a la que le encantan los gatos.

En menos de veinte minutos internet se llena de titulares «El
hijo secreto del duque» y como es de suponer, mis padres no han dejado de llamarme en todo este tiempo, le he enviado un mensaje a mi
madre NO PONGAIS EL GRITO EN EL CIELO, TIENE EXPLI-
CACIÓN. Mi madre me ha respondido con varios emoticonos; llorando, enfadada, muy enfadada, sorprendida y otra vez llorando.

—Pero ¿en qué momento se supone que hemos tenido a Ask? ¿Lo
hemos adoptado o qué?, ¿esta gente no investiga?

—Esa gente por vender son capaces de decir cualquier cos, mañana rectificaran pero sus cuentas de Instagram ya estarán a reventar y
sus cuentas de banco también por las instantáneas que hayan podido
vender.

—Menudos buitres —se queja. La cojo por la cintura.

—También ha sido culpa mía, reconozco no debí decir que era mi
hijo.

En ese momento nuestros teléfonos pitan con notificaciones de
titulares de Google.

Unas fotos nuestras en la yincana y un: CONFIRMADO. UNA DE
LAS MAMÁS DEL COLEGIO DEL HIJO DEL DUQUE CONFIR-
MA LO QUE YA SABEMOS, JASON STANDFORD TIENE UN
HIJO SECRETO.

Se me eriza la piel solo de pensar que Ask fuese hijo mío de verdad,
ahora me asalta el terror, espero que Sharon por venganza no salga en

los medios desmintiendo esto porque eso significaría el fin de mí no relación con Jenn que espero que se solucione ahora mismo.

Jenn está haciendo el equipaje para Florida, el suyo y el de Ask, va de una habitación a otra nerviosa y exaltada, su teléfono tampoco ha dejado de sonar, su familia exige una explicación.

—Deberías contestarles —insinúo.

—Ya hablaremos esta noche con ellos, ahora no. Estoy muy nerviosa.

—Mami, ¿puedo llevarme a Teddy? —pregunta Ask con un osito de peluche marrón que lleva un tutú de color rosa.

—Sí claro, cielo.

Ask sale de la habitación dando brinquitos. Cojo a Jenn por la muñeca y la obligo a sentarse. Ella resopla pero se sienta con un montón de bragas en las manos.

—¿Para qué vas a necesitar tantas bragas. —digo y ella se ruboriza y las lanza sobre su cabeza.

—Tienes razón —ríe.

La cojo de la barbilla con dos dedos.

—Tenemos que hablar de esto, creo que se nos ha ido de las manos.

—¿De las manos solo? ¿Tú crees? —dice en tono burlón.

—Quiero preguntarte algo —digo con la cara pegada a su rostro deseando besarla, ella hace un ademán de acercar su boca a la mía en lugar de eso nos frotamos la nariz. —¿Qué somos?

Ella hace la cabeza para atrás desconcertada.

—¿Cómo qué somos? No sé, creo que ya es un hecho que tenemos algo, ¿por qué que me quieres pedir una cita?

—Mujer, sería lo ideal antes de casarnos.

Ríe.

—No sé, Jason, ¿tú qué quieres que seamos?

Pienso.

—Quiero que tengamos una relación de verdad y …

—…Casarnos.

—De eso a ver cómo salimos. Aunque podríamos casarnos de verdad.

—Podríamos, pero no creo que en quince días podamos organizar una boda.

—Pon a prueba a mi madre y Dak, te aseguro que les sobraran días.

Sonríe y contesta a mi proposición:

—No estaría mal ser la novia de un duque.

Me indica el camino hacia un pequeño pueblo del extrarradio de la ciudad. La casa de la familia de Jenn es una casa humilde con la bandera americana, y ¿la inglesa?, ondeando en el porche de la casa.

—Ay, sí, me olvidaba decirte que sangre inglesa corre por mis venas y azul, bastarda, pero azul según los desvaríos de mi bisabuela casi centenaria.

—¿En serio? —pregunto.

—Según la Bisa, su madre era nada más que la sobrina de la reina Victoria o algo así, no te preocupes que ya ella te pondrá al tanto de los lazos que supuestamente nos unen a la corona británica —ríe.

—Sabes que los mayores hay que darles la razón, ¿verdad? En sus desvaríos, como tus los llamas, se esconden muchas verdades.

—Mi abuela come galletas de marihuana y no te extrañe que la fume, esa vitalidad que tiene con noventa y nueve años de algún sitio ha de salir.

Río por el comentario y estoy deseando conocerla.

—En serio, Jason, la Bisa es mucha bisa, agárrate los pantalones —dice Jazz y me ruborizo.

Una mujer rubia con cara de estar muy enfadada nos espera en la puerta con los brazos cruzados y pateando el suelo con una pierna.

—Esa, querido, esa es Barbs. Ah, y por favor, no digas tacos o estrenaras el bote de la vergüenza, miro a Jazz que se ríe y oímos:

—Pensáis entrar en algún momento.

—Sí, madre, ya vamos —dicen ambas a la vez.

38

Jenn

Bueno, pues ya es oficial, Jason y yo somos novios. Las mariposas han criado y ya no tienen espacio en mi estómago, revolotean a su antojo por todo mi sistema nervioso. Mi princesa está haciendo una enorme lista de ajuar para el castillo que cree que vamos a ir a vivir, pero lo que no sabe es que de Nueva York no nos movemos.

Mi madre nos espera en la puerta y aunque se está haciendo la ofendida, apuesto que ha sacado la vajilla de Navidad y los cubiertos bañados…, pintados mejor dicho, de oro que guarda en el último cajón de la alacena de la cocina. Donde están los manteles buenos y la vajilla de Navidad.

—¿Me vais a explicar toda esta parafernalia que os rodea?, me parece que esto ya es una burla.

—Hola, madre, te presento a lord Jason Standford, duque de Essex —digo y mi madre se sonroja.

—Encantada, no te quedes ahí como un pasmarote y entra en la casa —dice a Jason empujándolo hacia el interior, mi hermana se escabulle y logra entrar en la casa sin ser vista, Ask hace rato que ya está en el garaje con mi padre.

—Tú y yo tenemos una conversación pendiente —me susurra y se gira con una gran sonrisa y grita—: Abuela, el duque ya ha llegado.

—Qué maneras son esas de gritar, Barbara Victoria Baker, esos no son los modales de una señora como tú no de tu estatus —dice mi abuela andando hacia nosotros ayudada por el andador.

—Ay, abuela, no empiece usted con que es familia de la reina Victoria que la encierro en un geriátrico, ya está bien, hombre.

—Pamplinas —espeta mi bisa y se acerca a Jason relamiéndose, la madre que la parió.

—Uy, pero qué guapo es y qué apuesto, Jennifer. Pero pasa, muchacho, pasa, esto no es el castillo de Essex ni Buckingham, pero nos apañamos,

—Una casa muy bonita, señora.

—Victoria María Eugenia.

Y aunque parezca que mi bisa está desvariando, en efecto mi abuela tiene nombre de princesa.

—Encantado de conocerte, Vicky, ¿puedo llamarla Vicky?

—Como tú quieras, bonito, Llámame como tú quieras

—Bisa —reprende mi hermana que ha venido a rescatarnos. Mientras caminamos al salón mi bisa nos sigue admirando las posaderas del duque

—A mi bisabuela le gustas. —Sonríe y se gira regalándole una sonrisa.

Mi padre sale de la cocina con Ask en brazos.

—Hombre, si está aquí la futura duquesa de Essex —dice mi padre y me abraza.

—Papááá…

—¿Qué? ¿No es verdad? Nos tienes a todos intrigados y tú muchacho, decepcionados; pensé que la realeza aún tenía esa costumbre arcaica y patriarcal de venir a pedir la mano de la novia, pero ya veo que no.

Mi padre le está metiendo humor al asunto, pero está mosqueado.

—Papá, eso ya no se lleva ni en la realeza ni en ningún sitio. Además, Jason no es de la casa real, tiene un título pero que no es el príncipe Harry, ¿sabes?

—Ese ya está pillado —dice mi bisa sentándose en su sillón y encendiéndose un cigarrillo.

—Abuela, no te he dicho que no se fuma en casa —reprende mi madre quitándole el cigarrillo y apagándolo en la taza de té que se acaba de terminar mi bisa.

—Si me permite, en mi casa todavía seguimos teniendo esas tradiciones, más bien por mi abuelo, pero la ocasión no nos dio tiempo a hacer una pedida de mano en condiciones.

—Estás preñada —espeta mi madre.

—¡Nooo! Por dios, mamá, ¿qué dices?

—Hija mía, es que con las prisas con las que os queréis casar, yo que sé, pensé que no querías que este se te escapara como el militar. Hija no, me mires así.

—A estas alturas del partido crees que yo, tu hija, necesito un hombre en el hipotético caso que estuviese embarazada, que no lo estoy, para criar un hijo. Que yo sepa, me las he apañado muy bien sola.

—Y nadie te dice que no, hija, pero entiende que una boda tan aprisa como esta y con un duque, hija…, aquí huele a chamusquina.

—¡Que es mentira, mamá que no hay boda que es una trola, joder! —grito y mi madre da un respingo y abre los ojos.

Mi bisa abre la boca y se le desencaja la dentadura que tiene que volver a colocarse; mi madre se lleva la mano al pecho con el dramatismo propio de Georgia Baker y mi padre ha roto a reír casi quedándose sin aire.

—Ya decía yo —dice entre risas mi padre—, hala, ya has roto las ilusiones de tu bisa y madre de casarte con un duque. Abuela, devuelve la pamela —vuelve a reír escandalosamente.

Mi hermana tiene la mano en la cara y resopla. Jason me mira muy serio, más de lo que lo había visto antes, parece hasta decepcionado que haya dicho la verdad.

Jason

Me abruma con la facilidad con la que Jenn ha dicho la verdad a sus padres. Pero a mí me acaba de clavar un puñal, me había hecho la estúpida ilusión que si seguimos adelante con esta mentira terminaríamos casándonos de verdad y con el tiempo pues ya se vería contaríamos la verdad o nos callaríamos siendo felices y comiendo perdices. Ella se ha empeñado en comerse las perdices y seguir con su vida como si nada hubiese pasado.

Definitivamente soy imbécil.

Mi padre tiene razón, joder. Todos la tienen.

Jenn me aprieta la mano.

—Vámonos o perderemos el avión.

—No, no, señorita, usted de aquí no se va si darnos una explicación.

Me mira, lleva la mirada a Jazz que se encoge de hombros cogiendo su maleta y a Ask. Se detiene.

—¿Qué quieres que te diga, mamá? Que me invente esta bola que no ha dejado de crecer porque quería sacarme de encima a Izan...

—¿Qué ese macarra ha estado aquí?

Mira, algo que compartimos Georgia y yo, nuestro odio por Izan.

—Sí, mamá, pero ya se fue.

—No entiendo nada, Jennifer —me mira.

—Sí, la verdad, tanto a Jenn como a mí se nos fue de la mano, pero estamos buscando una solución al problema, después del viaje hablaremos con mis padres y daremos un comunicado a la prensa. No se preocupe —digo con el corazón encogido.

—Eso, así ya podréis estar tranquilos.

—Qué decepción, a ver que hago yo ahora con la pamela —dice la bisa—, yo que me hacía ya ilusiones con volver a casa —termina escarranchándose en el sillón y encendiéndose otro cigarro.

—¡Que te he dicho que no fumes, abuela, por favor!

Su padre nos acompaña a la puerta. Jenn y Jazz están poniendo las maletas en el coche y Ask se despide de su abuelo. Damian me detiene cogiéndome del brazo y me habla al oído.

—A veces es un poco testaruda, pero se le ve en los ojos que está colada por ti y tú de ella. Por si acaso el chaqué aún lo tengo colgado en el armario.

Me sonríe.

—Gracias, Damian.

—Además, Disney World es un buen sitio para pedirle que se case contigo, pero de verdad.

Sonrío. Me estrecha la mano y subo al coche.

Al llegar a Orlando estoy molido y deseando coger la cama. Nos han dado una suite, bueno, he hecho trampillas y llamado antes al hotel para cambiar la reserva, nos habían puesto en habitaciones separadas. La suite tiene cuatro habitaciones, es bastante pequeña, cada una con su baño, eso sí, una terraza con jacuzzi con vistas al parque desde donde se puede apreciar el castillo de cenicienta. Estoy ansioso y como un niño por ir al parque, hace años que no vengo, pero siempre me cautiva y ahora más con Jenn a mi lado. He estado pensando en lo que dijo y lo hemos hablado aprovechando el vuelo. Su madre la estaba poniendo nerviosa, quería explicárselo de otro modo, aun así iba a decirle la verdad, más que nada para que no siguiera haciéndose ilusiones con la boda.

El botones nos lleva a la suite y las caras de Jenn, de su hermana y de Ask son un poema, por lo que aprecio, nunca habían estado en una suite tan grande.

40

Jenn

—Joder, esta habitación es tres veces más grande que tu piso, aunque metieras la pastelería aquí te sobraba sitio, es alucinante —dice Jazz dejando su mochila en el suelo y arrastrando a Ask por toda la habitación, que está igual o más emocionado que ella.

Ask tiene los ojos encendidos de la ilusión; es de noche, aún faltan unas horas para que salga el sol, pero desde aquí se puede ver el castillo de cenicienta, un cosquilleo me recorre el cuerpo y mi niña interior junto con mi princesa bailan de la ilusión por estar en Disney World. Sale disparado a la terraza que es ENORME, con jacuzzi y todo.

—Mira, mami, el castillo se ve desde aquí —me arrastra y señala.

—Sí, cielo, es precioso.

—¿Cuándo vamos a ir?

—Aún es de noche, Ask, y tienes que dormir un poco, cariño.

—Ya lo sé, pero ¿tú puedes dormir cuando tienes eso ahí delante? Yo no.

—Pues, vas a tener que hacer un esfuerzo, principito.

Mi principito se pone serio. Se mordisquea el labio nervioso y me mira.

—Mami…, ¿por qué los chicos tenemos que ser principitos y no princesitas?

Vale, cualquier madre en mi situación se reiría por la ingenuidad de su hijo, pero para ser franca, Ask este último año, desde que entró en el colegio, está haciendo cosas no muy ortodoxas. Cosas como ponerse mis tacones, mis vestidos, maquillarse y apuntarse a clases de ballet empeñado en llevar tutú.

—Pues no lo sé, cariño…

Por primera vez en mi vida no sé qué contestar. Podría haberle

160

dicho cualquier cosa pero no lo hago. Dejo que el saque sus propias conclusiones. Error por mi parte, sí, me da cierto miedo saber que mi niño en realidad es una niña.

Salimos temprano, aunque esperamos a Dak que tenía un bolo y ha cogido el siguiente vuelo al nuestro. Ella tampoco podía perderse esta oportunidad de vivir esta experiencia con nosotros. Desayunamos y un coche nos espera fuera, cortesía del parque. Cuando llegamos no tenemos que hacer cola, un empleado del parque nos recibe, a mí, con un ramo de flores y un cartel de bienvenida «Jennifer Baker» que me hace sentir más importante de lo que soy. Me sube la moral a niveles estratosféricos.

Nos da unos pases vip que descargamos en el móvil para todas las atracciones. Estoy como una niña pequeña. Jason me mira y sonríe, la luz que desprenden sus ojos es indescriptible, creo que si se apagara la luz seguiría viendo gracias a sus ojos. Le acaricio el rostro y le doy un beso.

—Te quiero.

—Y yo a ti, gracias por acompañarme.

—Y ¿perderme el show de la sirenita?, ¿¡qué!? ¿los fuegos artificiales en el castillo al cierre?, querida, he venido por Cenicienta, no por ti.

—Idiota —le digo dándole un suave toque en el hombro

—Jason, Jason ¡mira! —exclama Ask señalando a Mickey Mouse. Se para y le pide que se agache—. ¿Puedo llamarte papá? Es que no sé, los demás niños están con sus papás y a mí me da cosilla llamarte por tu nombre, aunque sea de mentirijilla.

—De mentirijilla y como quieras, es más, te lo exijo.

Joder, ya está, ya me reventó el corazón. Aquí ya no hay remedio. Diagnóstico: Muerta por amor crónico extremo en fase mil.

Jason me guiña un ojo y yo me derrito y no por el calor.

Nos hacemos miles de fotos y selfies entre Dak y Jazz con las que nos peleamos Jason y yo por sacarnos la mejor foto con el matrimonio Mouse. Ask creo que se avergüenza de nosotros.

Nos subimos en todas las atracciones del parque, gracias a los pases no tenemos que hacer cola, así que nos montamos una y otra vez. Un empleado nos asalta en la isla de piratas del caribe para llevarnos a comer.

La comida es deliciosa, la disfrutamos.

Cuando acabamos pasamos por la calle de las tiendas y nos compramos miles de chorradas.

—A ver, Ask, que no, que es el vestido de Cenicienta —oigo a mi hermana discutir con su sobrino.

—Pero ¡yo lo quiero!

—¿Qué pasa aquí?

—Que tu hijo quiere comprarse y llevarse puesto el vestido de Cenicienta.

Me quedo pálida sin saber que decir, hago una pausa y dibujo una sonrisa en mi cara al ver como mi hijo me suplica que se lo compre.

—Si mi niño quiere el vestido de Cenicienta, pues que así sea —digo poniéndole a Ask emocionado el vestido por encima de la cabeza.

—Hala, qué guapo esta mi niño como diría la tita Mary; OLÉ, GUAPO, ¡¡coño!!

Mi hijo sale feliz de la tienda con su vestido de Cenicienta puesto, Dakota me mira y yo desvío la mirada, sé lo que me está diciendo con los ojos y de momento dejemos que esto sea una fase y que pronto se le pase.

—Has hecho bien, Jenn —dice Jason pasándome el brazo por encima del hombro—, sea cual sea su decisión sabrá que su madre le apoya.

—Eso es muy importante, Jenn, aunque tú creas que es muy pequeño para saber lo que quiere ha empezado a manifestarse —me dice Dak—, yo empecé con su edad, con seis años, a saber que el cuerpo que me había tocado no era el mío.

Jason habla.

—Es verdad, se ponía los tacones de mi madre y sus vestidos, y robaba de la caja fuerte las tiaras de la abuela ¿te acuerdas, Dak?

—Como para no acordarme, luego me pasaba dos o tres horas mientras mi abuela se tomaba el té con los brazos en cruz con tres kilos de libros en cada palma de la mano y las rodillas rojas y doloridas.

—Dios mío —mascullo—, qué horror. Yo jamás haría eso a mi hijo.

—Y eso te da un valor como madre y como persona enorme, lo que has hecho ahora en esa tienda, tengo que decirlo —dice Dak con la voz tomada de la emoción—, me emociona.

—Es una motera encerrada en el cuerpo de un tío —espeta mi hermana cogiendo de la mano a Dak.

Paseamos por el parque antes de que cierre, esperamos a los fuegos del castillo de Cenicienta con mi hijo bailando y siendo observado por las demás mamás que lo miran intentando descifrar si es un niño o una niña por su pelo corto. Él se me acerca.

—Mami, ¿puedo dejar que me crezca el pelo para hacerme un moño? —pregunta intentando hacérselo con su pelo cortado en una capa.

—Sí claro, cariño.

Él me mira y me sonríe abrazándose a mis piernas, haciendo que un nudo se me monte en la garganta.

—Gracias, mami, eres la mejor, te quiero.

Se veía venir, se me escapan un par de lágrimas, miro a mi alrededor y no veo a Jason. Pregunto a Dakota que esta abrazada a Jazz, ambas encogen los hombros. Ask sonríe y se tapa la boca, me doy la vuelta para buscar a Jason no vaya a ser que se me haya ido con Cenicienta y si fuera así, esa señora y yo vamos a tener un serio problema. Cuando me giro, me veo a Jason hincando rodilla acompañado de Cenicienta y del príncipe encantador con una cajita que abre y expone un anillo con un pedrusco que me deja tonta, no atónita, no, tonta perdida.

—Jennifer Christina Baker, ¿quieres casarte conmigo?

Oh, Dios y ¿qué digo ahora?

Lo miro.

Me mira.

Miro a Ask que sacude la cabeza implorando que diga que sí con un brillo en los ojos que me estremece el alma.

Miro a Jazz y a Dakota cuya sonrisa nos les cabe en el rostro.

Miro a Cenicienta, termino en el príncipe encantador.

Y contesto:

—Sí. Sí quiero —me pongo las manos en la cara incapaz de controlar mis lágrimas, esto es una puñetera locura, pero sí, quiero casarme con Jason. Dice mi bisa que los amores que no conoces son los que más perduran en el tiempo y te dejan una huella imborrable en el alma de momentos vividos y por vivir. Mi bisa conoció a mi bisabuelo Charles con dieciséis años y tras un noviazgo de tres semanas, se casaron cultivando y cosechando un matrimonio feliz de esos dé fueron felices y comieron perdices que duró más de setenta años, aun cuando se murió mi bisabuelo ella lo seguía y lo sigue amando con locura. Y yo quiero eso y sé que con Jason será así.

Los fuegos artificiales estallan e iluminan el cielo justo después de que yo dijera que sí al que por certeza es el amor de mi vida y al título de duquesa de Essex el cual me ha hecho pensármelo mucho durante todo el trayecto al hotel.

Tras la euforia del sí quiero y de que cierren el parque nos vamos al hotel. Antes de entrar una horda de periodistas nos esperan a las puertas del hotel, Jason sale antes que nosotros; Dak, que está acostumbrada a eso, le sigue y posa para la prensa, Jazz sale tras de mí. Me tengo que cubrir los ojos con el mapa del parque, son tantos los flashes que nos llueven que apenas puedo ver ni por donde voy. Tengo a Ask agarrado a mi pierna ocultándole la cara. Jason se acerca tras discutir con un periodista que al parecer conoce y coge a Ask en brazos cubriéndole con su cuerpo la cara. Logramos entrar en el hotel, unos cuantos empleados de seguridad nos escoltan hasta la suite.

Mi móvil pita.

Mary
Hija de puta,
si llego a saber que Jason
 iba a pedirte matrimonio
enfrente del puto castillo
de Cenicienta voy con vosotros.

Yo
Alguien tenía que ocuparse de la tienda.

Mary
Touché, pero ¿es cierto?

Yo
Sí (foto de pedrusco)

Mary
HOSTIA PUTA
ENHORABUENA, CHOCHETEEE

164

                   Yo
                   Buenas noches, Mary

Mary
Y tan buenas, Mikel, Chris y yo
acabamos de descorchar
una botella de
Champagne francés,
hubiera preferido Freixenet, pero en fin...
lo ha comprado Chris ¡os esperamos!
(Selfi de los tres brindando)
                   Yo
                   Tú tan patriota,
                   no te quejes que tienes
                   un novio medio alemán
                   medio andaluz

Mary
Medio amiga,
 medio, gracias a Dios
en la nacionalidad.

                   Yo
                   Buenas noches

Le enseño a Jason que teclea en su móvil algo, parece nervioso mira y sonríe siguiendo con lo que teclea en el móvil, se lo quito y veo que está manteniendo una conversación bastante alterada con Maléfica que le recrimina que a ella no le hacia esos detalles. Por una parte me siento orgullosa, por otra estoy celosa, debería bloquearla. Le quito el móvil de las manos y me mira con los ojos abiertos.

—Aún puedo decir que no, si en el pack se incluye a Maléfica.
Sonríe.

—Perdón, me pone de los nervios, no sé cuándo va a enterarse que lo nuestro se acabó.

—¡Hombre! Si después de haberla perdonado hasta el cansancio todas sus infidelidades y vuelto como un perrillo faldero, la bruja no espera otra cosa y te voy a decir que está intentando hacer ver que esto —dice Dakota y nos señala— es un plan para ponerla celosa.

—¿Lo es? —pregunto fulminando a Jason.

—¡No! —exclama con los ojos abiertos como platos y pálido.

—Yo te digo que no, cuñi, que no lo es. Esa está para que la encierren en un psiquiátrico de alta seguridad, está obsesionada con el título de duquesa, desde que la conocemos siempre se ha dado ínfulas de princesa, no pudo cazar a Harry, ni a William mucho menos y cuando se enteró que Jason iba a ser el heredero del ducado de Essex se le cayeron las enaguas.

Jason me abraza y me besa en la mejilla.

Mi cuerpo se revoluciona por tan casto beso y mi princesa agita la botella de Champagne Möet Chandon esperando a su celebración.

Cenamos y nos retiramos a dormir. Jason y yo nos damos un baño antes en la bañera con vistas al castillo. El jacuzzi no es tan privado pero la bañera de nuestra habitación, sí. Me quito el albornoz y me meto en el agua tibia llena de espuma esperándolo. Entra en el baño con su albornoz y se sienta al borde de la bañera.

—No vas a bañarte —pregunto

—Sí.

Mete la mano en el agua y busca mi sexo.

Cuando lo encuentra introduce un dedo en él y presiona, gimo y me apoyo en el respaldo de la bañera abrazándome al placer que me regala Jason masturbándome. Se muerde el labio y se lo humedece. Saca su dedo y quiere quitarse el albornoz, yo me arrodillo y se lo impido, quiero hacerlo yo. Se levanta y tiro de la cuerda abriendo y dando paso a su polla dura y caliente, la agarro con una mano y la acaricio mirándolo a los ojos, suelta un gemido, me la llevo a la boca y juego con mi lengua haciendo círculos alrededor de su glande para después chupársela como si fuera un caramelo, me la introduzco en la boca y él hunde sus dedos en mi pelo agarrando mi cabeza indicándome los movimientos, me la meto hasta el fondo, le follo la polla con la boca y me toco; estoy muy excitada, mi sexo palpita y me arde, es casi insoportable, juego con mi clítoris mientras le como la polla. Cuando se da cuenta me quita el delicioso caramelo de la boca, puedo llegar a ser muy golosa.

—No seas golosa, cariño.

Sonrío haciéndole sitio en la bañera. Entra, se coloca y me coloca cogiéndome de la cintura. Yo me abro de piernas y busco su polla, cuando la encuentro me la llevo hasta la abertura de mi sexo y me la meto despacio, gimiendo y mordiéndome el labio, él me agarra la barbilla y asalta mi boca con su lengua; subo y bajo despacio.

—Levántate —me pide—quiero comértelo.

Hago lo que me pide y me levanto, poniéndole mi sexo sobre sus labios, que en seguida asaltan mi clítoris haciendo que de un grito ahogado, estoy casi de cuclillas sintiendo como mi príncipe azul devora mi sexo. Me vuelve a colocar sobre su polla introduciéndola en mí, me muevo arriba y abajo pellizcándome un pezón mientras me muerde el otro. Oh, es tan delicioso, llevo mi cabeza hacia atrás y me agarro a los bordes de la bañera moviéndome, sintiendo su polla dentro de mí saliendo y entrando, caprichosa haciendo que todo mi cuerpo vibre, ya no es mío es suyo, le pertenezco. El agua de la bañera de desborda empapando el suelo. Grito, gimo, jadeo. Joder, mi cuerpo se tensa, el suyo lo hace bajo el mío y los dos alcanzamos el clímax casi al mismo tiempo, yo un poco antes que él.

—Vamos a la cama —dice con la voz tomada por el deseo, con los ojos entrecerrados y la mandíbula tensa.

Me coge en brazos, me lleva hasta la cama, me echa y se tira encima de mí. Lo abrazo embriagándome de su olor, paso las manos sobre su cabello, chocamos nuestras miradas, me pierdo en su mirada sintiendo los latidos de su corazón sobre mis pechos y su erección creciendo entre mis piernas. Me besa y me mordisquea el labio. Entreabro los míos para dar paso a mi lengua que paso por sus labios, la introduzco suave, como una caricia, buscando la suya que me recibe y se entrelaza con la mía. Empieza a restregar su erección sobre mi vagina que se activa al movimiento tan delicioso. Mi respiración se altera, ladeo la cabeza para dar paso a sus labios que buscan mi cuello y hace un corto pero intenso camino de suaves y delicados besos hasta mi oreja mordiéndome el lóbulo, gimo y noto como mis pezones se endurecen debajo de su cuerpo que aprisiona el mío con todo su peso.

—Fóllame, Jenn —me pide.

Lo miro y mis labios se arquean en media sonrisa de timidez, me está pidiendo que lo folle. Me incorporo y él se hace a un lado estirándose en la cama, ofreciéndome su cuerpo, su mirada encendida en deseo hace que las paredes de mi sexo se contraigan y un ligero cosquilleo recorra mi tripa, me monto a horcajadas sobre él. Pongo ambas manos sobre las almohadas de modo que mis pechos caen sobre sobre su boca, los coge con la mano chupa uno y luego el otro haciendo que mi sexo arda por sentirlo cerca, llevo mi mano hacia su polla y la agarro con los dedos poniéndola en la entrada de mi sexo y lo hundo en mí. Suelta mis pechos llevando sus manos hasta mis caderas

—Así, princesa, así —dice mientras yo subo y bajo con el ritmo que el me marca con sus manos. Gime y jadea—. ¿Me sientes, princesa? —pregunta.

—Sí —murmuro, mis jadeos apenas me dejan hablar. Jason me llena tanto que sentirlo entrar y salir de mí me trastoca.

Lo siento dentro, muy dentro, dobla sus rodillas y con ese movimiento mis caderas se elevan sintiéndolo aún más profundo; quiero gritar pero lo único que sale de mi boca es un sonido ahogado, lo que siento me invade todo el cuerpo. Él mueve sus caderas debajo de mí, gimiendo y apretándome las nalgas, hundiéndome cada vez más en él. Me incorporo y apoyo mi espalda en sus piernas flexionadas. Subo y bajo una y otra vez, encontramos el ritmo y follándonos encontramos el clímax. Él suelta un gemido que hace que en seguida le siga yo rompiéndome en mil pedazos, el orgasmo se ha apoderado de mí de una forma gutural, la vista se me ha nublado, me tiemblan las rodillas y la corriente que siento en mi sexo hace que bruscos espasmos se apoderen de mis caderas sintiendo como su semen chorrea por mis muslos. Caigo exhausta sobre él, pongo mi oído sobre su pecho oyendo como sus latidos poco a poco van cogiendo el ritmo normal, él me acaricia la espalda con sus suaves dedos, suspiro y me besa en la frente.

—Aún no logro entender por qué te amo tanto.

Levanto mi cabeza y clavo mi mirada en él.

—Oh, hemos pasado de los te quiero hasta los te amos. Vaya, esto es serio. —Sonrío y busco su boca. Le beso—. Yo tampoco lo entiendo, en la vida me había pasado algo así. Fíjate que a lo tonto, así como el que no quiere la cosa, al final nos casamos de verdad y todo.

Sonríe y me devuelve el beso.

—Y creo que ya es hora de que empecemos a planear la boda, ¿no crees? ¿Cuánto tiempo nos queda?

Hago cálculos mentales.

—Oh, nos quedan quince días.

—Vaya… ¿tanto?

—¿Te parece mucho quince días para organizar una boda?, yo creo que nos faltan dos años —río—, y más con tus invitados.

—Jenn —me coge de la barbilla y la acaricia con el pulgar—. Podemos hacer una boda sencilla, sin invitados. Mi padre pondrá el grito en el cielo, pero es lo que hay, no tenemos tiempo y yo no pienso retrasar la boda.

—¿Por qué? Te puede dar la neura de huir.

Me mira, no sabe si estoy bromeando hasta que sonrío y se destensa en un segundo, su cuerpo se ha tensado de terror.

—Yo jamás huiría de ti.

—¿Nos damos una ducha?

Nos levantamos de la cama. Necesito ir a darme una ducha. Cuando se levanta veo su polla aún levantada con el mástil en lo alto. Me mira y me sonríe.

—Lo siento, pero este el efecto que usted, señora Stanford futura duquesa de Essex, causa en mí.

Su comentario de señora Stanford me ha gustado pero lo de duquesa de Essex me ha puesto la piel de gallina. Cualquier mujer se volvería loca, pero yo. Yo no quiero ser Duquesa.

41

Jason

Me vuelve loco, me trastoca, me mata… Sentir su cuerpo fundién-
dose con el mío me altera.

Observo a Jenn metiéndose bajo el chorro del agua tibia y joder, no
puedo aguantar, me pongo de tras de ella, le abro las piernas y la apoyo
en el cristal de la ducha ensartándole mi sexo, cogiendo sus caderas y
envistiéndola con fuerza, ella grita y yo gimo y jadeo enloquecido. Ella
levanta ligeramente una pierna para facilitarme el paso a su sexo, le
estoy dando por detrás y es delicioso, lleva su culo un poco hacia atrás
para que pueda empalarla sin dificultad. Oh, es tan deliciosa, me corro
y me vacío dentro de ella, suelto un bramido y mi cuerpo se tensa, ella
lleva un brazo hacia tras y me agarra una nalga manteniéndome dentro
de ella mientras ella también se corre, siento como su vagina me agra-
dece el placer que le estoy proporcionando.

Nos acostamos a dormir, son casi las cinco de la madrugada pero
Jenn no puede dormir, su horario está muy arraigado en ella y a esa
hora suele estar en la cocina de su pastelería preparando y horneando
pan. No puede dormir.

—Voy a levantarme y a preparar las bolsas para la playa.

—Te ayudo —digo incorporándome y ella pone una mano sobre mi
pecho.

—No has dormido, necesitas dormir.

—Pero yo quiero ayudarte.

—Duerme

—Deberías hacer un esfuerzo y hacerlo tú también o te quedaras
dormida en la playa.

—No puedo, si me quedo en la cama solo te molestaría dando
vueltas y vueltas. —Hace un gesto con las manos que me arranca una

sonrisa, se ve tan dulce…

—Vale, cómo quieras, pero como te quedes dormida en la playa y te quemes, luego no me digas que no te lo advertí.

A las ocho Ask ya se ha despertado y está jugando en la terraza de la suite con Dak y Jazz que están metidas en el Jacuzzi. Jenn finalmente se ha quedado dormida en el sofá después de preparar todo.

Mi teléfono suena.

—Buenos días —dice mi madre con tono cortante

—Buenos días, mamá, ya sé lo que me vas a decir y quiero que sepas que mañana Jenn y yo estaremos allí para daros una explicación, ¿vale?

—Jason, no es eso, es que últimamente me tienes muy abandonada, ya no me llamas ya no me cuentas tus cosas, tengo que enterarme por la prensa o la televisión, o lo que es peor, de la boca de la dramática de Sharon y eso no me gusta. Entiendo que no quieras hablar con tu padre, de verdad, mi amor, pero a mí ¿por qué me estás haciendo a un lado?

—Lo siento, mamá, no sé qué es lo que me está pasando últimamente.

—Yo sí sé que es lo que te está pasando, hijo, te has enamorado y, cielo, lo entiendo, pero me gustaría saber que te vas a casar antes que la prensa y que le has dado el anillo de tu abuela a tu prometida y conocerla a ella también, claro está.

Suspiro y me rasco las sienes.

—Lo sé, mañana la conocerás, vale, mañana hablaremos de todo.

—Júramelo, Jason.

—Te lo juro.

—Ay, Dios y ¿qué preparo?, ¿es mas de pescado o de carne? —pregunta—. ¡De carne! Si es como la hermana será de carne.

—¿Ya conoces a Jazz?

—Uy, sí, a diferencia de ti, tu hermana me ha traído a su novia, muy maja y graciosa, por cierto.

—No lo sabía. Y antes de que me lo preguntes. Ya puedes empezar con los preparativos de la boda.

Oigo como mi madre suspira.

—Menos mal, hijo, que quedan quince días y hay que invitar a mucha gente.

171

—No te pases con las invitaciones, allegados y la familia de Jenn. Nada de realeza ni nada semejante, ¿vale? Familia y amigos, mamá.

—Sí, sí… —dice mi madre y no sé porque será, pero no la creo.

Paso por el sofá donde se ha quedado dormida y la cojo en brazos. Hace un sonidito que me la pone dura. Maldita sea. Y la llevo a la cama.

Me reúno con las chicas y Ask.

—Acabas de hablar con mamá —afirma y yo asiento—. Ya era hora —dice tirándome un poco de agua del jacuzzi a la cara.

—¿Cuándo nos vamos a la playa, papi? —dice Ask abrazándome el cuello con sus pequeños bracitos y a mí se me derrite el corazón al decir esa palabra de cuatro letras que ningún hijo mío me llegará a decir, PAPÁ, eso me recuerda que tengo que hablar con Jenn antes de que se entere por ahí.

—En cuanto mami se despierte —digo y le doy un beso en la mejilla. Él sonríe y me abraza con más fuerza. Un sentimiento que no conocía invade mi ser, un amor que no conocía antes, nada que ver con lo carnal, un amor intenso que me estremece el alma y me inunda el pecho de una sensación embriagadora de bienestar y protección; siento como si Ask fuera mío, como si lo tuviera que proteger con mi vida, supongo que será lo que llaman instinto paternal y en ese preciso instante decido que ese niño es mío, sea o no de mi sangre.

—¿Ya has desayunado? Mami llamó al restaurante antes de quedarse dormida.

Se baja de mi regazo y me empuja a la mesa del comedor. Me sienta en una silla, coge una taza y con sus pequeñas manitas agarra la jarra con el café y lo echa en ella.

—¿Un terrón o dos? —pregunta.

—Uno.

Sus pequeños deditos agarran la pinza y coge un terrón que se le escapa y lo vuelve a coger echándolo en la taza. Lo observo con cariño, con las mejillas sonrojadas. ¿Esto es lo que se siente cuando eres padre?

—¿Leche? —pregunta.

—No, gracias.

Vuelve a dejar la leche en su sitio y se golpea la frente, me coge desprevenido y doy un respingo en el sitio.

—Qué tonto, ¡el periódico!

Sale de la estancia corriendo, pidiéndome que espere y yo sonrío. Un recuerdo asalta mi memoria. Cuando en aquel entonces James y yo le llevábamos el periódico a papá, él nos lo agradecía dándonos un beso en la frente a cada uno y un penique. No tengo un penique, pero si diez dólares en el bolsillo del pantalón. Pero no voy a dárselos, voy a regalarle algo mejor, alguien me ha chivado que a Ask le gustan los coches y las motos y sé que por aquí cerca ahí un Karting.

Vuelve con el periódico y se sienta a mi lado, le doy un estrujón en la mejilla y me tomo el café. Mientras él me observa embelesado.

42

Jenn

Cuando me he despertado lo he hecho desorientada. Juraría que me había echado en el sofá y ahora estoy en la cama. Seguramente Jason me ha traído. Sonrío como una idiota al recordar la noche que hemos pasado y la de veces que se ha corrido dentro de mí, agradezco a mi regla irregular tener que tomar la píldora, en otro caso seguro de esta me llegaban trillizos, mínimo. Me desperezo y me pongo el bikini. Enciendo el móvil y me entran cientos de notificaciones de Instagram y un WhatsApp de Mary.

Tía, la tienda está a reventar S.O.S, tengo a Chris haciendo cupcakes y hablo en serio, Mikel lo va a meter en el horno.

Grupo de WhatsApp La Molina de Baker

Christian Füller
Escribiendo...
(Foto de mano con quemadura)
Jason, por lo que más quieras, volved 😭

Mary
Escribiendo...
No seas exagerado, amor.
No te estamos matando.

Jason
Escribiendo...
Lo que más quiero está aquí,
así que ,no sé qué hago

allí curándote las heridas.

Christian Füller
Mala persona. 💀

Jason entra en la habitación y me pilla riéndome a carcajada limpia nos hacemos un selfi en la cama.

Mary
Escribiendo...
Sí, eso, ponernos los dientes largos
que yo me monto rápido
un ménage-à-trois, eh, bonita

Mikel
Escribiendo...
¿Con quién?, conmigo no será.

Jazz
Callaos ya y a trabajar.
Mi novia y yo intentamos disfrutar de las vistas.
(foto de vistas al castillo)

Mikel
💀 HDP

Mary
Escribiendo...

Yo
Jazz, sal del jacuzzi
y pon la crema de solar a Ask

Jazz
Escribiendo...
¿Por qué?

Yo
Porque lo digo yo y punto

Mary
Escribiendo...

Yo
Mary, ¿qué escribes?,
me das miedo 💀
cuando tardas en escribir.

175

Mary
Escribiendo...
Escribiendo...
👆

Dejo a un lado el móvil y me levanto de la cama bajo la mirada de Jason que me devora, estoy desnuda. Consciente del efecto que tengo en él me contoneo hasta el baño invitándolo a seguirme. Se humedece los labios y me sigue. Cuando llega a la puerta se la cierro riéndome.

—Ya te cogeré. No creas que vas a escaparte de mí tan fácil.

Hemos ido a la playa. Jason a alquilado un coche. Ask y él no han dejado de jugar en la orilla al fútbol, a tenis playa, se han bañado juntos... como padre e hijo. Mi niño está feliz, jamás le había visto tan contento.

Dak y Jazz se lo han pasado en el chiringuito, llevaban una tajada encima que se han ido al hotel. Esta noche volvemos a casa. Yo quería irme al hotel también pero Jason y Ask se resisten a irse. Hay varios paparazis por aquí, lo sé porque he oído el sonido de sus cámaras, me pone nerviosa. Jason parece de lo más tranquilo.

—Nos están sacando fotos —informo a Jason que se ha acercado con Ask, a beber agua, que lleva su flotador de Minnie Mouse y con el que está monísimo y me están dando ganas de comérmelo a bocados.

Jason me besa y disimula buscando las cámaras. Localiza una y gruñe.

—Vámonos.

—¿Ya?

—Sí, nene. Tenemos que irnos —dice Jason a Ask cogiendo su camiseta, quitándole el flotador y vistiéndolo.

—¡Jo! —se queja.

Me levanto y recojo nuestras cosas. Me pongo el pareo y puedo oír desde aquí la ráfaga de flashes. Joder, mañana seré portada de todas las revistas y vaticino el titular: «La futura duquesa de Essex luce un pareo del chino de la esquina de su casa» Maravilloso, pienso.

Jason nos sube al coche cubriéndonos con su cuerpo, varios periodistas se agolpan a nuestro alrededor preguntándonos qué hacemos ahí, qué tal va la boda y miles de preguntas más que no alcanzo a entender.

—Joder, no entiendo este acoso. Nunca me habían acosado tanto —

bufa Jason cabreado.

—Pues si tú no lo entiendes, yo menos.

—Perdón, cielo, perdonadme los dos. —Mira a Ask que le sonríe.

—No pasa nada, lo entendemos, tardaremos en acostumbrarnos, pero lo haremos.

Ask asiente.

Hemos tenido que desviarnos porque nos estaban siguiendo. No estamos yendo al hotel.

—¿Adónde vamos?

—A seguir con nuestras minivacaciones o ¿crees que esos nos las van a estropear? Además, necesitamos estar relajados para mañana.

—Ah, sí, y eso ¿por qué?

—Porque le prometí a mi madre que te llevaría mañana a casa y quiero relajarme antes de ponerme frente a lord Jeffrey, mi padre puede llegar a ser muy exasperante —dice mientras aparca en un Karting—, supongo que perdió las esperanzas conmigo el día que salí corriendo de la boda con Sharon.

Intento poner atención a lo que me está contando. El sonido de las motos y los coches de Kart me están poniendo muy, pero que muy nerviosa.

—¿Qué hacemos aquí, Jason? —pregunto.

—¿Qué?

—¿Qué hacemos aquí? —vuelvo a preguntar. Por si no ha quedado claro, no hay nada más que odie que el sonido ronco de un tubo de escape y el olor a neumático quemado. Lo odio.

—Un pajarito me ha dicho que a Ask le encantan las motos y me gustaría pasar un rato con mi hijo y enseñarle como va.

—Él ya sabe cómo va una moto, para eso ya está mi padre.

—Pero yo quiero montarme en un kart y conducir —interviene Ask y yo giro la cabeza fulminándolo con la mirada. Se me suaviza cuando sus enormes ojos pardos topan conmigo.

Suspiro.

Resoplo.

Ambos me miran con caras de corderos a punto de ser sacrificados y bufo:

—Vale, pesados, ¡pero solo un rato!

—¡Síí! —grita mi pequeño dolor de panza y Jason me da un beso cogiéndome de la barbilla que me derrite.

—Gracias, además, te vendrá bien para quitarte ese miedo a las motos.

—Sí, ya… y tú no salgas corriendo y me abandones en la Shell que hemos dejado atrás. Entonces, ya no habrá ningún problema.

Jason ríe, se baja del coche, le abre la puerta a Ask quitándole el cinturón de seguridad cogiéndolo en brazos y le da un beso en la mejilla que es correspondido con una amplia sonrisa que me monta un nudo en la garganta.

¿No podría haber sido Jason el padre de Ask? Será un buen padre, lo sé, y nuestros hijos serán preciosos y muy amados. Oh, Dios estoy pensando en niños ya.

43

Jason

Jenn coge su bolso y las cosas de Ask y se sienta en la terraza del bar que hay en el lugar. Ask está emocionado y para que mentir, yo también. Estoy haciendo las cosas que hace un padre con su hijo, lo que hacía mi padre con nosotros antes de que se volviera un amargado.

Monto a Ask conmigo en el Kart, es muy pequeño para que vaya solo, obvio, le enseño como va y acelero un par de veces haciéndolo reír. Ask es adorable. Observo a Jenn mirándonos desde la distancia, inquieta, abanicándose con la carta de comidas y secándose el sudor con una servilleta, desde aquí puedo ver sus resoplidos. Cuánto daño le hizo aquel macarra y que poco hombre y sobre todo que poco honor para ser un militar; abandonar a tu novia embarazada en una gasolinera porque no tuviste los huevos de enfrentarte a esta situación en la que estoy yo viviendo por ti y gracias, Izan, por regalarme este hijo al que pienso proteger con mi vida.

—¿Preparado, campeón? —digo colocándole bien el casco.

—Preparado —dice con firmeza.

—Pues allá vamos.

44

Jenn

Jesús bendito, ¿cómo se le ocurre a este hombre tráenos aquí?
Tengo los pelos como escarpias. El sonido de esos motores, el olor a
gasolina incita a que me domine la ansiedad.

Ask está tan feliz que soy incapaz de robarle este momento con Jason. Eso es lo único que hace que los niveles de mi ansiedad se reduz-
can, verlo tan feliz me llena el alma.

Cuando llegamos a casa, Mary está cerrando la pastelería hemos
vuelto a pasar por la casa de Beatrice. La calle estaba infestada de periodistas, esto empieza a incomodarme y se lo digo al culpable.

—No puedo más, sé que te he dicho que me acostumbraría, pero no
puedo. No puedo, me supera, un día de estos me voy a encontrar con
un paparazzi en el retrete.

Ríe.

—No te rías, no me hace ninguna gracia, ¿cuándo va a acabarse
todo esto?

—En cuanto nos casemos esto se acabará. Yo tampoco entiendo
el interés que están poniendo en mí, se cansarán, ya lo verás —dice
haciendo un reguero de besos en mi cuello hasta llegar a mi oído en
donde me susurra—. Me muero por hacerte el amor.

Mi princesa interior se ha arrancado el corsé y empieza a desabro-
charse la cinturilla de las enaguas.

Me doy la vuelta y lo rodeo con los brazos, le doy un beso en los
labios y Ask aparece sacándonos una foto con su cámara de usar y tirar
que compramos en el parque.

—Vaya, se nos ha colado un pequeño paparazzi en casa —dice
Jason soltándome y levantando a Ask del suelo en volandas haciendo el
Superman, la risa de mi pequeño dolor de panza inunda la estancia. A
mí se humedecen los ojos y un cosquilleo recorre mi estómago. Desde
luego, como dice Mary, Jason es un príncipe azul que no destiñe.

¡Ay, Pepito grillo!

44

Jenn

Estamos frente a la casa de los padres de Jason, la casa a la que hace un año llevamos la dichosa tarta de seis pisos que tuvimos que tirar más de la mitad, la otra mitad fui incapaz de tirarla así que ese mes gané unos cinco kilos porque tampoco era capaz de venderla por porciones y nos la estuvimos desayunando y merendando durante una semana entera, sobra decir que terminé harta del glaseado de fresa.

La madre de Jason nos espera en la entrada. Jazz está aquí, veo su coche aparcado. Se acerca a nosotros emocionada y juntando las palmas de sus manos como si quisiera aplaudir.

—Por fin ya habéis llegado, qué alegría —dice y me coge por los hombros, me mira de arriba abajo, me ruborizo por la efusividad de la mujer. Me da dos besos y se presenta—. Soy Georgia, la madre de este desagradecido que está aquí.

—Mamáááá.

—Es verdad, no sé por qué has tardado tanto en traernos a Jennifer, es preciosa.

—Ha sido culpa mía —digo excusándolo—. Aún no estaba preparada, espero que me disculpe.

—Tutéame, querida —me pide.

—Ha sido culpa mía, discúlpame —repito y ella me sonríe. Ya sé de dónde sacó Jason sus hermosos ojos grises aunque ella los tiene un poco más azulado—. Y preciosa… tú, Georgia, tienes unos ojos preciosos.

—Por favor… ya estoy vieja.

Quiero protestar, pero Jason me interrumpe.

—¿Entramos? —pregunta Jason cogiéndome de la mano y de la de su madre.

—Ahora te comen las prisas. —Agita la cabeza y suspira.

Jazz y Dakota se asoman a la puerta y salen a recibirnos. Pero del padre de Jason ni rastro.

—Ya era hora. Georgia ha preparado un asado de carne al horno que hace que me rujan las tripas.

—Jazz, por favor —reprendo a mi hermana por la familiaridad que lleva encima—, no seas maleducada.

—Ay, no te preocupes, tu hermana es muy divertida —dice Georgia soltando a su hijo de la mano y enmarcando la cara de la sinvergüenza de mi hermana, le da un beso en la frente y entra en la casa.

—¡Jeff!, ¡Jeffrey! —grita entrando por la puerta—. Jennifer ya está aquí —anuncia.

Un señor canoso con una cara amable, que nada tiene que ver con la clase de persona que me dijo Jason que es, aparece con una gran sonrisa para recibirme.

—Así que tú eres Jennifer —dice y se acerca a mí. Jason se ha quedado paralizado al ver como su padre me recibe con tanta amabilidad. Está clavado en el sitio con los ojos abiertos y pálidos. Dakota le da un codazo sacándolo de ese estado—. Pero bueno, eres más guapa de lo que nos dijo tu hermana.

—Es la guapa de la familia —indica mi hermana cogida de Dakota.

—Me estáis sacando los colores, ya no sé de qué color llevo la cara.

—Un color precioso, querida —dice Georgia cogiéndome por el brazo—. Jason, ¿por qué no vais tú y tu padre al salón?

—¿Qué?, ¿yo? No, prefiero quedarme con vosotras.

Jeffrey lo mira.

—Mejor vamos al salón, papá —dice con la cabeza gacha, menuda será la mirada que le ha echado para que Jason se vaya con él sin rechistar.

Y se van, entrando en una sala que está justo al lado de la puerta, desde donde puedo ver que hay un gran ventanal, una pared con grandes estanterías llenas de libros y unos sofás de cuero marrón.

—Nosotras vamos a la cocina.

Me sorprende no ver servicio en la casa, es grande y como mínimo debería haber una doncellas por lo menos.

La cocina es inmensa, con muebles modernos y todo tipo de electrodomésticos; en el centro hay una isla de mármol blanco con el fregadero a un lado y una botella de vino blanco abierta. Por lo que veo han estado tomando algo antes de que llegáramos. En efecto, hay un asado en horno que inunda la cocina con diferentes y deliciosos olores a especias. Me empiezan a rugir las tripas.

—Huele muy bien, Georgia.

—Gracias, tu hermana me dijo que te gustaba el asado y he puesto todo mi empeño en ello.

—Oh, gracias por la consideración, pero no hacía falta.

Mi hermana y Dakota se sientan en los taburetes que rodean una parte de la isla y yo hago lo propio.

—Una copa, querida, en lo que se termina de hacer el asado —me ofrece y sirve una copa de vino.

—Y ahora, bien, hablemos de la boda.

45

Jason

Mi padre me hace un escrutinio, se sienta en su sillón y enciende un puro.

—¿Ahora fumas puros?

Me fulmina con la mirada con el mechero en la mano encendido.

—Sabes que yo ya no fumo.

—Y ¿por qué...? Ya, vale. Nada déjalo.

No sigo porque me va a poner alguna excusa para decirme que no fuma que solo quiere oler el olor a humo y a mí me parece una excusa. Lo que creo de verdad es que mi madre no le deja fumar, que lo hace a escondidas y que sentir del humo es solo una excusa para acallar el mono que le entra cuando está en casa.

—Es muy guapa y parece muy elegante y educada. De cuna diría yo.

—Lo es —digo acercándome al carrito de las bebidas para servirnos unas vasos de bourbon.

Asiente con la cabeza.

—Tu abuelo me lo ha contado todo.

Miro al cuadro que está colgado en la pared justo encima del carrito de las bebidas, le estoy dando la espalda con los ojos abiertos y maldiciendo a mi abuelo por chivato.

—Y sé que tú y Jennifer os habéis enamorado dentro de esta vorágine de mentiras que habéis construido a vuestro alrededor.

Hace una pausa.

—¿Sabe Jennifer que es descendiente del tío de la reina Victoria?

Ahora sí que si me pinchan no sangro. De ahí su silencio.

—¿Perdón?

—Lo que oyes, uno de los hermanos del rey Guillermo IV tuvo una amante, que por cierto era pastelera de la corte, y Jazmín y Jennifer son descendientes suyos.

Me giro con los dos vasos de bourbon.

—Y ¿cómo sabes eso?

—Parecerá absurdo, Jason, pero la otra noche, cuando Jazmín nos hablaba de su familia, nos habló de lo que ellos creen que es un delirio de su bisabuela y bueno, al oír la historia pedí a Ralph que investigara y, en efecto, hay una tal Benedicta Victoria nacida fuera del matrimonio del que tenía que haber sido rey de Inglaterra, ¿sabes lo que significa eso?

—Sí, pero no vamos a hacer nada, como has dicho, fue una hija bastarda del tío de la reina Victoria.

Me interrumpe.

—Bastarda o no, si esto se demuestra...

—No, papá, no se va a demostrar nada —sentencio.

—He dicho a Ralph que pida una audiencia con su majestad para hablarle de este asunto.

—Papá...

—Jason —dice levantándose hacia mí que estoy de pie junto a la chimenea, tratando de asimilar que mi Jenn es descendiente de una de las reinas más importantes de la historia de Gran Bretaña, la primera reina en la historia y por ende debería estar en la línea de sucesión al trono—. Este asunto hay que tratarlo.

—Haced lo que queráis, pero no estoy de acuerdo y Jenn tampoco lo estará

—¿Cómo lo sabes?

—Lo estoy y punto.

Dakota entra en el salón y nos avisa que la cena ya está lista, que vayamos al comedor y eso hacemos, antes le pido a mi padre que no diga nada. Ya hablaré yo con ella.

Cenamos el estupendo asado que mamá ha hecho para Jenn, ella está llena cuando llegamos al postre; pese a que le dije a mi padre que no dijera nada...

—Entonces, Jennifer tu bisabuela es descendiente de la reina Victoria, bueno, familia.

Jenn me mira, yo pongo los ojos en blanco y Jazz ríe.

—Le conté a Jeff lo de los desvaríos de la Bisa.

—¿Por qué? Dios mío, qué vergüenza —dice tapándose la cara.

—Me pareció gracioso contar algo así en el primer encuentro con mi suegro, yo que sé

—Perdón, Jeffrey por… esto —dice señalando a Jazz—. Mi abuela lleva con ese cuento toda la vida y bueno, yo no se lo tengo en cuenta, es mayor, lee demasiada novela histórica y fuma marihuana, así que yo no haría mucho caso a sus desvaríos.

—Bueno, querida, desvaríos o no, tu abuela no está equivocada.

Jenn me mira pidiéndome explicaciones y lo único que se me ocurre hacer es sacarla de allí cuanto antes.

—Bueno… —suspiro levantándome de la silla y cogiendo a Jenn del brazo—, ya está bien por hoy. Nosotros ya nos vamos.

Jenn se quita la servilleta de las rodillas y la pone sobre la mesa con mi padre y mi madre mirándonos, mi madre me mira con cara de pena y fulminando a mi padre y mi padre nos mira con suficiencia y suelta:

—Mantenednos al tanto de los preparativos de la boda, antes de que os caséis deberíamos juntar a las dos familias, digo, para la cena de ensayo.

Jenn se levanta o más bien la obligo a levantarse.

Salimos de la casa. Subo a Jenn al coche, ella me mira, la miro y arranco.

—¿Qué es lo que pasa? —pregunta y yo intento encontrar las palabras exactas para decirle que no sé en qué momento a mi padre le importa tanto todo esto de las dinastías y la importancia que conllevan.

—No lo sé, deberías preguntárselo a tu bisabuela —mi tono es cortante, para nada quería usar ese tono mi padre me saca de mis casillas.

—¿Por qué que me hablas así y por qué qué importa tanto lo que mi bisabuela de noventa y nueve años adicta a la maría piense o diga?

—Cariño, podemos hablar de esto otro día.

—No, vamos a hablarlo ahora.

Paro el coche a un lado de la carretera para, por lo menos, intentar convencerla que hablemos esto en mi casa.

Me mira esperando una explicación con los brazos cruzados. Apoyo el codo en el volante y me froto la frente.

—Mi padre cree que lo que dice tu bisabuela es cierto.

Abre los ojos al compás que la boca.

—Lo que dice mi abuela, como ya he dicho, son desvaríos de una señora mayor que empieza a estar senil y que fuma porros. Por Dios —

suspira—, Jazz no debía haber soltado esas barbaridad, no sé en lo que estaba pensando esa niñata.

—¿Estas segura que son desvaríos? No sé, igual y es verdad. Mi padre, aparte de ser hijo de un Duque, es historiador y su asistente ha estado investigando y han pedido audiencia con su Majestad.

—¡QUÉ! —grita—. Ay, mi madre, si es que la Bisa nos mete en cada lio. Mañana mismo vamos a hablar con ella de este asunto, le llevaré un par de galletitas que le gustan, a ver si habla con claridad y nos explica, o te explica, qué es todo esto porque aunque yo llevo escuchando esto desde que tengo uso de razón, siempre me ha parecido un trágico cuento de hadas.

—Podemos hablar esto en casa —pregunto con la mano en el contacto para salir de allí.

—Sí…—suspira.

46

Jenn

Lo que lía mi bisa. Ahora resulta que al final va a ser verdad lo de que somos la sangre sucia de la realeza. Al parecer, mi tatarabuela es la hija bastarda del tío de la que fuera la reina de Inglaterra que, además, ahora me entero era la pastelera de la corte y de la cual el mentado tío se enamoró y con la que mantuvo una relación amorosa bastante tórrida, por cierto. Mi bisa ha sacado de su caja fuerte, que no sabía que existía, una caja con carpetas y documentos que han ido rulando por mi familia desde tiempos inmemoriales. En donde hay documentos que certifican el nacimiento de mi descendiente y en la que se le reconoce como la hija del tío de la reina Victoria. Cartas que…, buf qué cartas, escritas a puño y letra y con el sello de la casa real en la que el tío explica como la desea y como lamenta no poder convertirla en su esposa, un documento con las propiedades que le dio en su momento y que por lo que me ha explicado Jason, ahora en la actualidad forman parte del patrimonio histórico del país por no haber sido reclamadas y cómo iban a serlo. Mi descendiente tuvo que huir en el momento de la muerte de su amado porque algunos tenían miedo de que reclamara el trono que ocupo la reina Victoria al ser la única descendiente viva. Jeffrey ha venido con nosotros y está mirando con una lupa muy graciosa los documento cerciorando y certificando que los papeles son originales.

—Bueno, Jennifer querida, estos papeles demuestran que sois de sangre azul.

Lo que me faltaba, como era ya poca la expectación que se está creando a nuestro alrededor por nuestra boda, va mi abuela y es familia directa de la reina de Inglaterra. Y yo pensando que lo que nos contaba era un cuento de hadas con final trágico, pero cuento de hadas al fin y al cabo.

Hola, ¿el universo? ¿me puedes engullir, por favor?

Y qué ironía, yo pastelera como mi tatarabuela…

—Bueno… tampoco es para lanzar cohetes, porque en verdad era uno de los tíos, no del rey Guillermo IV, muy directas no somos, así que, no creo que esto deba trascender más allá del asunto que nos compete.

—Ya, pero eso te da peso para ser la nueva duquesa de Essex, si mi madre estuviera viva, estaría feliz por abrirte las puertas de nuestra familia. Tiene el árbol familiar doña —pregunta a mi bisa y ella agudiza el oído está un poco sorda.

—¿Qué? —pregunta.

—Que si tiene el documento del árbol familia —dice cerca de su oído.

—Ah, no, ese se perdió.

—No pasa nada, ya le haré yo uno nuevo incluyéndolos en el nuestro, creo que nuestros hijos se casan en diez días.

Madre mía, diez días, el padre Tempus se ha empeñado en acelerar las manijas del tiempo y aún ni tengo vestido.

Miro a Jason y asiente como si acabase de entender algo que yo no entiendo y que ya me explicará.

—Ves, princesita mía, y tú te burlabas de mí. Ay, pepito grillo… —suspira mi bisabuela dándome unas palmaditas en la espalda. Mi madre está en shock, no sé descifrar la cara que lleva puesta, eso sí esta pálida como una muerta.

—Entonces, ¿qué somos?, duquesas, vizcondesas… —dice mi madre al fin montándose castillos en el aire.

Jeffrey ríe.

—De momento mi consuegra y la madre de la futura duquesa de Essex —indica y mi estomago se revoluciona.

Pido permiso para salir e ir al baño, en donde dejo todo lo que he desayunado hoy y ayer. Escuchar eso de futura duquesa de Essex me ha revuelto el estómago y no es que no quiera casarme con Jason, no, quiero hacerlo, aunque a mi parte racional le parece que es muy pronto para ese compromiso, apenas nos conocemos. Me echo agua en la cara y me enjuago la boca. Me miro al espejo, veo mi reflejo pálido y sorprendido por todo lo que está pasando estos últimos días.

—Jenn, ¿estás bien? —pregunta Jazz al otro lado de la puerta; abre, entra y cierra tras de sí, aún me estoy mirando en el espejo.

—¿Tienes rímel?, me lo he dejado en casa —rompo a llorar.

Mi hermana me abraza por la espalda y me da un beso en la sien.

—Sé que todo está yendo muy rápido y no pensé que lo de la Bisa fuera de verdad, siento ser una bocazas.

—Estoy muerta de miedo, Jazz, yo no valgo para duquesa. Dios hasta solo decirlo se me encogen las tripas.

—¿No quieres casarte? —pregunta y me suelta dándome la vuelta.

—Joder, Jazz, nos acabamos de conocer, no sé cuál es su comida favorita, su canción, solo que le gusta el café bien cargado con un terrón de azúcar. Eso es todo lo que sé de Jason Stanford. Ni él tampoco sabe nada de mí ¿por qué quiere casarse conmigo?

—¿Porque te quiere? Acuérdate de los bisabuelos. Cuando se conocieron no sabían nada el uno del otro y sin embargo, casi setenta años de matrimonio.

La miro dudosa.

—No sé, Jazz, eso era en los matrimonios de antes. Yo no me quiero casar para divorciarme tres meses después porque…, yo qué sé, a Jason le huelan los pies después de hacer deporte.

—A todo el mundo le huelen los pies después de correr, Jenn. A ti te apestan.

—Yo no corro.

Ríe.

—Jenn, si lo quieres, cásate, y si no, pues nada, seguid como novios. Tocan a la puerta.

—¡Niñas!, ¿estáis bien?, ¿qué hacéis ahí dentro tanto rato encerradas?

—Ahora salimos —digo a mi madre que nos reclama y me acuerdo de que Jason y su padre están ahí en el salón con mi familia.

—Mejor será que salgamos.

—Vamos, y tata —El corazón me da un vuelco hace años que Jazz no me llama así—, si no quieres casarte, no lo hagas, habla con Jason, seguro que lo comprenderá.

Le enmarco la cara y le doy un beso.

—Hace años que no me llamas así —digo emocionada.

—Ya, he crecido, supongo. Vámonos ya. —Camina hacia la puerta la abre y dice—. Y no te hagas ilusiones, que ya soy muy mayor para llamarte tata.

Sonrío y salimos.

—No tan mayor para robarme el Wifi a pesar de que ya tienes cómo pagártelo.

—Pero que yo no te robo el Wifi, que empeñada estás en eso, joder.

Es verdad, no lo hace, me gusta molestarla porque soy su hermana mayor y me da la gana, y me gusta ver como arruga la nariz cuando la molesto, me recuerda a cuando era una niña y la hacía rabiar, se ve tan mona...

¡EXTRA EXTRA!

Sharon Staton, la que fuera novia y prometida del duque de Essex, Jason Stanford, pone en entredicho la realidad de la legitimidad del que según su prometida, Jennifer Baker y él, dicen que el hijo de esta es del duque pues como asegura Staton; Jason es estéril.

Mikel me mira.

Mary me mira.

Yo miro al televisor que tenemos colgado en una pared de la pastelería. Lo apago y miro a mi gente que están blancos como la cera.

Recojo un par de mesas que acaban de desocuparse y grito, grito haciendo que la campanilla me vibre y tiro el trapo al suelo. Jazz sale de la cocina espantada al escuchar mi grito.

—¿Qué pasa? —pregunta.

—Jason es estéril —responde Mikel.

—¡No jodas!

Me giro y miro a mi hermana.

—Te lo dije, os lo dije. No lo conozco, no nos conocemos. Esto es una locura.

Un mensajero abre la puerta de la pastelería haciendo sonar las dichosas campanitas que le he dicho mil veces a Mary que quite de ahí, me ponen de los nervios.

—¿Jennifer Baker? —pregunta desganado, mascando chicle, sin levantar la mirada de un aparatito.

—Soy yo, ¿qué pasa? —digo malhumorada, enterarme por la televisión que mi futuro marido es estéril me ha puesto furiosa.

La otra noche después de enterarme que la tata-tatarabuela era la hija de uno de los tíos de la reina Victoria y tras haber hablado sobre lo que nos gustaba y lo que no. Haber hablado de cómo éramos, quienes éramos antes de casarnos y de follar toda la puta noche sin condón me entero de esto por la puñetera televisión, no me lo dijo, tuvo tiempo, pudo decírmelo, no lo dijo, me mintió.

—Tome esto, es para usted —me extiende el sobre—, firme aquí —me señala el aparatito, firmo y se va.

Grosero...

Mary y Jazz se acercan a mí mientras yo doy la vuelta al sobre buscando el remitente, pero no veo nada. Solo mi nombre en el lugar del destinatario.

—¿Qué es? —pregunta Mary intentando quitármelo.

—Es mío —digo recelando el paquete.

—Ábrelo y nos enteramos todos —propone mi hermana que también intenta quitarme el sobre.

—Estaos quietas, es mío, lo abro yo.

—Pues venga...

—Sois unas cotillas, lo sabéis, ¿no?

—Lo sabemos, ábrelo ya.

Lo abro y descubro unas fotos. Mi cuerpo empieza a temblar desde los pies pasando por las rodillas y terminando en las manos que pierden toda fuerza y dejan caer las fotos al suelo; es el apartamento de Jason bueno, su habitación, y en ella se ve a Sharon completamente desnuda en su cama y lo que parece ser Jason yendo hacia ella desnudo, vamos, que iban a follar y follan en las demás fotos.

Del sobre sale una nota y leo en voz alta.

Querida Jennifer, lamento ser yo quien te diga esto, puesto que Jason es demasiado cobarde para estas cosas, pero claro, no lo conoces, no sabes como es. He descubierto vuestro jueguito y tras rogarme que le perdone mil veces he accedido a volver con él, ya puedes dejar esta farsa y volver a tu vida de pastelerucha de tres al cuarto.

Atentamente,
Sharon Staton

Todos me miran esperando a mi reacción. Mary tiene las manos en la boca. Jazz recoge las fotos del suelo y Mikel ha puesto en marcha la máquina de café. Todo me da vueltas, la mesas y las sillas giran a mi alrededor. Mi princesa interior llora y patalea en la cama rompiendo los recuerdos con su caballero andante.

—Hablaré con Dakota, esto no puede ser verdad —dice mi hermana con la voz temblorosa y los ojos húmedos.

Mary se recompone.

—Jenn —me llama. La oigo como un murmullo en el viento. Todo
mi ser desea que sea mentira. Vuelvo a mirar la única foto que me ha
quedado en la mano y miro la fecha y la hora y es de antes de ayer justo
después de dejarme en casa.

Mary se acerca a mí, me pone la mano en el hombro como aquel
chico de la gasolinera y me teletransporto a ese lugar, a ese día, siento
la humedad de la noche en mi piel, las lágrimas saladas desbordándose
por mis mejillas sonrojadas y siento mi cuerpo tembloroso y el dolor
de un corazón remendado rompiéndose a pedazos volatizándose en
el tiempo. Miro su mano, me doy la vuelta, me voy, nadie me retiene,
todos me observan conmovidos. Subo a mi piso y me encierro en mi
habitación mirando todo a mi alrededor, miro la cama, camino hacia
ella y la deshago metiéndome con los zapatos puestos. Me cubro con
el edredón y desaparezco lanzándome a los brazos del desconsuelo
llorando, llorando como nunca, quedándome sin aire.

48

Jason

—¡¿QUÉ?! No, no, no, maldita seas, Sharon, joder ¿qué te pasa? maldita zorra ¿Qué estás haciendo? —digo lanzando el mando al televisor con tal fuerza que la pantalla se rompe.

Christian entra en mi apartamento sin llamar, tiene llave.

—Dime que se lo dijiste a Jenn.

Lo miro.

—Idiota, subnormal, retrasado mental, ¡esquizofrénico!, ¿por qué?, ¿en qué narices estabas pensando?, eso era lo primero que tenías que decir. Mary no me coge el teléfono, ¿sabes? Y si por tu culpa pierdo a la mujer de mi vida te juro que te mato, esto va en cadena, por si no lo sabias, Jenn y Mary son prácticamente una si dañas a una, se lo haces a la otra también.

—No, no creo que Jenn se lo tome a mal, ya me hubiese llamado —titubeo, no estoy tan seguro de lo que estoy diciendo y recuerdo, ODIA LAS MENTIRAS Y LAS OMISIONES, que vienen siendo lo mismo así que, señorito, aunque duela, cualquier cosa que suceda entre nosotros nunca jamás te lo calles, ¿vale? Ser sinceros el uno con el otro es la base primordial de una relación. Eso me dijo Jenn y yo que hice OMITI que No podía tener hijos. Muy bien, Jason, CAMPEON, mi caballero andante me aplaude con ironía para después suspirar un imbécil… poniendo los ojos en blanco. ¡¡Bravo!! Dice y se monta en su caballo a galope.

—¡Llama, alelado! —grita Christian.

—No, mejor voy.

—Llama, Jason… —dice arrastrando la voz y con cara de malas pulgas—. Antes que te des un viaje en balde.

Marco el número de Jenn que ya sé me de memoria. Da tono pero no coge. Empiezo a ponerme nervioso.

—Perfecto. Apagado —indica Christian fulminándome con la mirada, dando vueltas por el apartamento como un león enjaulado con el teléfono en la mano y sin dejar de marcar el número de Mary una y otra vez.

Mi teléfono vibra en mi mano. Dakota.

—¡¡Voy a matarte, voy a matarteeee, Jason, te matooo!!

Pongo la mano en el micrófono.

—Lo sabe.

Mi amigo, mi escudero, mi bufón, como él se define, se tira encima de mí dispuesto a darme una tunda.

—¿No vas a decir nada, capullo? ¿No se lo dijiste? No, claro que no, sino Jazmín no me hubiera llamado para CORTAR CONMIGO, TE ODIOOO.

—¿Qué? No, lo siento. Voy a solucionarlo.

—No hagas nada, ya estamos yendo mamá y yo a solucionar tus mierdas. Ah, y que sepas que hay fotos contigo y Sharon follando en tu apartamento.

—¿Qué fotos?

—No sé, tú sabrás.

—¿Has dicho follar delante de mamá?

49

Jenn

—Tata, abre la puerta, por favor. Nada que ni con eso la saco —dice mi hermana intentando que abra la puerta.

—¡Jennifer! Abre la puta puerta ya o la tiro abajo —exclama Mary.

—Tráeme algo para apalancar la puerta —dice mi hermana.

Me levanto de la cama. Abro y me meto rápida en la cama otra vez, antes que me rompan la puerta.

Mary tira del edredón y me encuentran hecha un ovillo con la mirada perdida sujetándome las rodillas.

—Jenn…, cariño —musita Mary conmovida y sentándome a mi lado poniéndome su mano en mi cadera y me acaricia—. No te hagas esto, creo que deberías hablar con Jason.

La miro y me doy la vuelta, y al hacerlo me encuentro con mi hermana. Me pongo boca arriba y lloro.

—Quiero desaparecer un rato ¿podéis dejarme en paz? —me incorporo para volver a coger el edredón y desaparecer.

—Cariño…, ¿quieres una copa de vino?

—¿Tú todo lo solucionas con vino? —pregunto intentando desaparecer, mi hermana tiene cogido el edredón, forcejeo, estoy tan hecha polvo que no tengo fuerzas para luchar por mi capa de invisibilidad.

—No sé, Jenn, yo solo quiero que te sientas mejor.

—¿Y una copa es la cura para mi corazón roto? Ahora sí que voy a poner una demanda a los Asuntos Amorosos, ese Cupido me las va a pagar —digo y veo a mi cupido implorando perdón.

Mikel llama al teléfono de Jazz.

Se levanta abre la cortina de mi ventana.

—Sí, ya veo su coche ahí —oigo y el estómago me da un vuelco pensando que es Jason. Pero no, son Georgia y Dakota.

—Está bien —suspira—, diles que suban.

Abro los ojos y me limpio las lágrimas con el dorso de la mano. Al cabo de unos segundos tocan a la puerta. Las tres nos miramos. Me levanto, me atuso el moño despeinado y me quito la chaquetilla. Salimos. Jazz ya abierto y está invitándolas a pasar. Georgia ilumina la estancia con su sonrisa conmovedora y yo no puedo evitar echarme a llorar.

Dakota se acerca a mí y me abraza.

Georgia se acerca a la mesa donde Jazz tiro las fotos. Las coge.

—¿Estás son las fotos? —pregunta, aprieta los labios en una fina línea y suspira tirándolas al cubo de basura del ritual que aún no he podido limpiar o en su mejor caso tirarlo a la basura.

Asiento y Dakota se acerca a mirarlas antes de que su madre las tire las coge y dice:

—Están manipuladas —informa y las tira.

—Estás fotos no deberían ni de existir, pagué mucho dinero porque desaparecieran —interrumpe Georgia—, estas fotos son, en efecto, de Sharon, pero… si te fijas bien este no es Jason es su instructor de yoga, que de espaldas se parece mucho a mi hijo, son de dos días antes de la boda. Jason estaba en una firma de libros y llegó ese día antes de lo que tenía previsto y les pillo infraganti…

—Lo sé —interrumpo— me lo contó.

—…Sharon me pidió ayuda desesperadamente, me juró que había sido un desliz, una especie de despedida de soltera de la que se arrepintió y que un fotógrafo se las había sacado y le estaba chantajeando con sacarlas a la luz.

Le enseño la nota, la lee y la rompe en mil pedazos.

—Cielo, esa chica no está muy bien de la cabeza, ella y su madre están obsesionadas con convertirla en duquesa, si por ella fuera y estuviera a su alcance, se metía con el príncipe Harry. Aunque está casado, esa señorita, por llamarla lo más educadamente posible, haría cualquier cosa.

—Ya, bueno…

El sonido de la moto de Jason me alerta. Abro los ojos y retrocedo.

—Hablad —dice Georgia cogiéndome por los hombros y dándome un maternal beso que me reconforta.

Dakota pide a Jazz un momento para hablar y se van a la habitación. Mary se disculpa y se va a la pastelería dándome un beso.

Jason sube y aporrea la puerta, su madre lo recibe.

—Mamá…

—Jason… —suspira—, yo ya me iba.

Le da un beso a su hijo y este entra encontrándome sentada en el sofá, con la cara roja y con signos de haber estado llorando.

Se arrodilla frente a mí.

Que lo de las fotos haya sido una manipulación para que él y yo rompiéramos está aclarado, lo que en realidad aun me escuece el alma es que Jason omitió su insignificante problema —que no me importa, en mis planes no está volver a ser madre, hasta me alivia—, tuvo toda la noche para decírmelo y no lo hizo. Eso me duele y mucho. Si me oculta esto, qué más podrá ser capaz de hacer. No pienso casarme con una persona así.

—Lo siento, tuve miedo.

—¿Miedo?

—Sé que es de las primeras cosas que te tenía que haber dicho, pero entiéndeme, me aterroricé. No quería que me dejaras por no poder darte hijos.

—¿Crees que yo hubiera sido capaz de hacer una cosa así? ¿Qué clase de persona crees que soy? —digo ofendida. Está claro que no nos conocemos para nada.

—Lo siento, perdóname. Te juro que no volverá a suceder, ya lo sabes todo de mí.

—No, en realidad no sé nada de ti. Tengo una lista de cosas que te gustan y las que no. Eso no hace que te conozca. Yo no puedo casarme con un hombre al que no conozco y que es capaz de omitirme algo como el tener hijos, que no es que entre en mis planes ser madre de nuevo, pero sí me gustaría saber cosas como esa.

—Lo sé, Jenn, por favor no me dejes. Dame una oportunidad podemos retrasar la boda, no sé irnos tu y yo solos, intentar conocernos más profundamente.

—No. Jason, no puedo.

—Por favor.

—Necesito estar sola y pensar

A Jason se le humedecen los ojos y traga saliva. Me aprieta con fuerza las rodillas y me las besa.

—Por favor, pídeme que cancele la boda, pero no me alejes de ti y de Ask.

No, Jason. Por Dios, no vayas por ahí. No metas a Ask aquí.

—Necesito tiempo —digo levantándome del sofá, limpiándome las lágrimas y aspirando aire conteniéndolo en el pecho mientras abro la puerta y le invito a salir. Coge su casco con las lágrimas ya cayendo por sus hermosos ojos grises humedeciendo su rostro. Antes de salir me mira.

—Te amo.

Desvío la mirada ahogándome con la respiración entrecortada.

—Adiós.

Él sale y cierro la puerta.

Me encierro en mi habitación justo antes de que Dakota y Jazz salieran de la habitación de Ask donde estaban hablando.

Tempus a patre

Jason

Si en este momento me clavan un puñal ardiendo en el corazón me dolerá menos de que Jenn dijese estas palabras «Necesito tiempo», una frase lapidaria para mi tierno e iluso corazón. Como si me estuviera muriendo frente a la puerta de la mujer de mi vida, mi princesa…, veo mi vida pasar por delante de mis ojos. Desde el momento que la vi en aquel bar, cuando le dijo al macarra que yo era su novio, el día que planificamos esta mentira que nos ha devorado, el castillo de Cenicienta donde le pedí que se casara conmigo —de verdad—, todo…, todo eso pasa como en un tráiler de película.

Mi móvil me saca se mi embobamiento.

—Hola —digo.

—Ey, Jason Stanford, hasta que consigo que me cojas el teléfono. Por último estas ilocalizable, aunque me imagino con todo el asunto de tu nueva boda.

—Ya no va a haber boda —informo a John, mi editor.

—Oh, Dios, lo siento.

Suspiro.

—¿Qué quieres, John?

—Pues te llamaba para ver si podíamos organizar la gira del libro, no hemos hablado de eso en meses y como las ventas se han disparado en todo el país quería que hablásemos de las fechas.

—Cuando quieras… ahora no tengo nada que hacer.

—Ok, nos vemos en tu apartamento en media hora.

—Perfecto.

Media hora más tarde John su asistente, y yo estamos organizando la gira de firmas por todo el país y parte de Europa donde acabaré en mi tierra, Inglaterra, aprovecharé para tomarme un respiro y así darle el tiempo que necesita a Jenn. Si me quedo aquí solo me desesperaré y caeré en la humillación. Allí me confinaré en casa del abuelo, montaré a caballo, cazaré…

Jenn

Ya han pasado varias semanas desde que Jason y yo rompimos, de vez en cuando Georgia me invita a tomar el brunch, los domingos solemos ir a Central Park, a una cafetería que hay ahí bastante mona. Se niega a deshacerse de mí.

—Habrás roto con mi hijo, pero a mí no me vas a dejar tan fácilmente —me dice y sin que me dé cuenta me cuenta el itinerario del viaje de Jason. Ahora está en Londres, es la última parada en la gira de firmas. Después de ahí se ira a la casa familiar unos días más antes de volver. Cuando escucho eso un cosquilleo se apodera de mí. Lo echo de menos.

Dakota y Jazz andan buscando piso, Dakota se opera en un par de días y eso las tiene un poco nerviosas, no dejan de discutir, por chorradas a mi parecer. Dakota está nerviosa, incluso se ha planteado no hacerse el cambio de sexo, cosa que a mi hermana no le importa si Dakota tiene o no pene.

—Mejor, así nos ahorramos el cinturón. Es que es una tontería, tata, que se ponga un cinturón con una polla de plástico teniendo una bien puesta.

—Pero, Jazz, ella quiere ser una mujer completa y no para ti, sino para ella misma

—Si yo la entiendo, tata, pero yo que sé, me está volviendo loca.

Mi hermana ha vuelto a llamarme tata y me gusta, aunque ya estamos grandecitas para eso. Mi abuela y mi madre no dejan de llamarme todos los días para saber si devuelven las pamelas o no.

Ask está enfadado conmigo y me habla a través de pósits.

—No volveré a hablarte hasta que me devuelvas a mi papá Jason, bruja.

Según él tiene dos padres, Jason que es escritor y duque e Izan que es soldado. Su padre le llama todos los domingos contándole el día a día de un soldado o lo que le hace creer, la verdad es que la cosa está un poco complicada por ahí, le cuenta cosas aptas para su edad para que no se preocupe y se pasan horas en videollamada. Y Jason también lo llama cada vez que llega a una ciudad, le he pedido que no lo haga, pero ni caso, le llama a su Skype que le he tenido que hacer.

Y así alardea mi hijo a Curtis, que se ha convertido en su mejor amigo, y su madre, Lidia, y yo estamos empezando algo que tiene a Mary muerta de celos.

—¿Qué pasa?, me tengo que preñar para que volvamos a salir por ahí o que desde que esa mujer y tu sois coleguitas solo te veo en el trabajo. Las chicas Gilmore no son lo mismo sin ti, ¿sabes? Y Christian ronca. ¡Muy alto!, Jenn, parece un toro bramando.

—No sé si preñada podrás salir de fiesta.

Mikel ha vuelto con Phil y ha vuelto con una madre de alquiler colgada del brazo. Por fin Mikel va a ser padre. Gracias a que mi despiste crónico no tiró el cubo de basura del ritual, tuvo que venir a coger la caja de zapatos porque a Phil le extrañaba no verle puesta la pulsera que le hizo el primer que empezaron a salir. Yo y Don O hemos roto definitivamente, Jason ha dejado las expectativas muy altas.

Hoy es uno de esos días que voy a verme con Georgia, pero esta vez me ha invitado a comer a su casa con motivo de la próxima operación de Dakota y esta me jurado que Jason no estará esta ilocalizable.

—En el castillo del abuelo no hay internet, allí se va a desconectar —dice Dakota mientras me sirve una copa de vino.

—Muchas gracias por los dulces, cariño, no hacía falta que trajeras nada —dice Georgia poniéndolos en la nevera para que no se estropeen.

Jeffrey está leyendo el periódico y recortando un artículo sobre Jason en donde lo elogian por el libro que escribió, el de Las Princesas también pierden purpurina, el titulo me hace reír. El mismo que decían que había escrito porque no olvidaba a su ex. Lo he leído. Y lo he sentido entre sus páginas, me ha tocado y besado con cada una de sus palabras impresas.

Miro el recorte.

Jazz me mira y agita la cabeza.

—Mira, tata, ya está bien, lo echas de menos y te estas muriendo por

207

salir corriendo a buscarlo.

—Sabes que yo no corro.

—Pues lo harás porque yo no aguanto esa cara de cordero degollado un minuto más, un suspiro más y pego un tiro.

—No, por dios —exclama Dakota.

Georgia suspira, deja a un lado el cuchillo con el que cortaba las verduras.

—No he querido meterme en ese asunto, entiendo que necesitaras asimilar que el príncipe venia con bruja incorporada, pero realmente ¿qué es lo que hizo que rompieseis?

—Rompió ella —indicó mi querida hermanita levantando un dedo.

—No rompí, le pedí tiempo.

—Y vaya que te lo ha dado, jamás había visto a mi hermano hacer caso a algo que se le pide. A estas alturas tú deberías estar pidiendo una orden de alejamiento por el acoso.

Nos reímos.

—Le pedí tiempo porque no me dijo que no podía tener hijos, que, ojo, a mí no me importa y se lo dije, estuvimos toda una noche confesándonos el uno al otro confidencias y conociéndonos y lo primero que hizo fue ocultarme algo así tan importante, a pesar de que le avisé y fue lo primero que le dije fue que odiaba la mentira o la omisión, que vienen siendo lo mismo. Y ¿qué hizo?

—Omitir —dicen las tres a la vez.

—Te entiendo, cariño —dice Georgia cogiéndome la cabeza y besándome la frente—, hay una cosa que debes saber, aunque has dicho que no te importa, tú también estas mintiendo.

Boqueo, quiero protestar pero me lo impide.

—Si no te importase tanto como dices no te hubieras enfadado —mi cara se sonroja —todas y cada una, hasta Sharon, quieren ser madres y más darle un hijo al hombre que aman, es instinto, nena, y otra cosa te voy a decir, no sé quién ha dicho que Jason no puede tener hijos porque no es verdad. Sí es cierto que sus soldaditos son más lentos algunos llegan y mueren por el camino, otros se mueren antes de llegar, todo eso es por el golpe que se dio cuando se cayó del árbol, por esa misma razón se le operó para colocarle algo en la próstata que se le descolocó al golpe; vamos, que con mucho empeño y paciencia sí puede tener hijos. Y me podréis dar nietecillos.

Mi cara pasa del rojo al blanco mortuorio en segundos.

—Aun así…

—Aun así, tu vuelo sale en dos horas. Cuando llegues a Londres Ralph te estará esperando para llevarte a Essex —dice Jeffrey entrando por la puerta de la cocina—. Espero que tengas el pasaporte en regla.

Asiento instintivamente.

Dakota coge las llaves de su coche que están encima de la isla y Jazz me coge del brazo arrastrándome hasta el exterior. Me montan en el coche y vamos a mi casa a por el pasaporte, no me dejan salir del coche, voy a perder el vuelo.

—Ni bragas me pudo llevar.

—Créeme, querida, no las vas a necesitar.

Me sonrojo cuando Jazz vuelve con mi pasaporte con Mary detrás de ella dando saltitos de felicidad y mi hijo detrás bailando feliz moviendo sus caderillas. Casi no llego, los pasajeros ya estaban embarcando. Jeffrey me ha comprado un billete de primera clase, no me ha dado tiempo ni ir a la zona VIP.

Polvo de Hadas

52

Jason

—¡Plato!

Disparo

—¡Plato!

Disparo y pienso en esas palabras salir de entre los labios que añoro: Dame tiempo.

—¡Plato!

Disparo.

—Señor —me llama Wilfred el mayordomo del abuelo que aún no ha llegado de su viaje por el Caribe, temo que vendrá casado con alguna jovencita ávida de fortuna y atraída como una luciérnaga a la riqueza extravagante del abuelo—, tiene una llamada. Su madre, señor.

Cojo el teléfono que me extiende Wilfred con su guante blanco inmaculado.

—Sí, madre.

—¿Madre?

—Perdón es que Wilfred me hace sentirme como el abuelo ¿qué, mamá?, ¿qué te pica?

Mi madre ríe al otro lado del teléfono.

—Ay, Jason… dime una cosa, hijo. ¿A ti quién te dijo que no podías tener hijos?

—¿Qué? Mamá, no voy a hablar eso contigo.

—Dime, ¿te hiciste alguna revisión que yo no supiera?

—Sí y me dijeron lo mismo de siempre.

—Que no puedes o ¿que son lentos?

—¡Mamááá!

—Mira, Jason, si ese ha sido el motivo de la ruptura con Jenn ya

211

puedes estar contándole la verdad, eh.

—Sí, ahora mismo, mamá, se lo digo, ahora en cuanto nos sentemos a cenar, no te jode, ya hablare con ella, si quiere verme claro, cuando vuelva.

Ríe y oigo a mi hermana hacerlo también.

—¿Qué estáis tramando?

Mi madre cuelga el teléfono dejándome con la palabra en la boca, a veces es como una niña. La adoro.

Agito la cabeza.

Wilfred me avisa que el té está servido, pero no me lo tomo, me tengo que ir a Londres a la biblioteca nacional donde tengo la última firma de libros.

53

Jenn

Mi amiga ansiedad y yo estamos de camino a la biblioteca nacional de Londres con Ralph, un señor bastante simpático y amable.

—Londres no es tan grande como Nueva York —me dice, seguramente para distraerme, me estoy merendando los padrastros de las uñas.

—Eso sí, que salga aquí el sol es un regalo del cielo, creo que de vez en cuando este se abre para que no nos volvamos locos.

El comentario me hace reír.

—Puede llevarme a alguna tienda. Necesito cambiarme de ropa.

—Sí, claro.

Me lleva a una calle llena de tiendas caras. Ralph Lauren, Chanel son unas de esas tiendas, hago un gesto.

—No hay mercadillos por aquí cerca.

Ralph se sonríe.

—No se preocupe, señorita Baker, Jeffrey me ha dado instrucciones consciente de la premura de su viaje. El señor es así de impulsivo —comenta y entiendo de dónde sacó Jason esa impulsividad. Eso me hace sonreír.

Me compro un vaquero, ropa interior, una camisa y una chaqueta, aquí el otoño es muy fresco y tengo frio.

—El señorito tiene la última firma aquí cerca, en la Biblioteca nacional. Tomaremos un café e iremos.

—Por favor —suplico—, y un sándwich o algo, estoy famélica.

Ríe.

—Como ordene la señorita.

Me pone el brazo en jarra invitándome a pasar mi brazo por el hueco y eso hago. Entrelazo mi brazo con el de Ralph.

Entramos en una cafetería muy bonita con un toque bohemio que me fascina. Nos sentamos en una de las mesas que quedan cerca del ventanal. Ralph me pide un café y sándwich de jamón. La camarera nos sirve y cuando voy a darle un sorbo al café veo pasar un coche que Ralph confirma que es el de Jason. Mi estómago se me encoge. Cómo es el amor, aunque no supiera que ese era su coche sabía que él estaba dentro. Sonrío.

—Ya debe estar yendo a la biblioteca.

Apuro el café y me como el pan con prisa.

—Tranquila o te atragantas.

Sonrojada arqueo mis labios en una sonrisa y me limpio las comisuras de la boca, las migas de pan.

—¿Nos vamos? —pregunta Ralph.

Asiento nerviosa como si fuese a ver a Santa Claus, como una niña pequeña e ilusionada.

54

Jason

Qué sensación más extraña… siento como si Jenn estuviera cerca, huelo su perfume. Me duele la mano de tanto firmar y la cara de tanto sonreír. Mi editor está intentando controlar a las chicas que se acercan demasiado a mí.

—¿Quieres algo de beber? —me pregunta Maya, la secretaria de mi editor y presidenta de club de Fans.

—No, estoy bien, gracias.

Agacho la cabeza para mirar el móvil con la tonta ilusión que Jenn me haya escrito, no lo ha hecho ni lo va a hacer ahora, el que sí me ha escrito ha sido Ask me ha enviado un muñecajo que sale de una caja gritando sorpresa. No lo entiendo, serán cosas de niños, le envío un emoticono de cara riéndose.

—A mi príncipe azul que no destiñe.

Miro el libro que me están poniendo delante. Se me revolucionan las mariposas en el estómago, empiezan a temblarme las rodillas, las manos se me humedecen del sudor. No dejo de mirar la mano que arrastra con sus dedos, esos dedos… mi caballero andante se asoma tras una cortina de terciopelo rojo con una gran sonrisa colocándose el yelmo que no deja de caérsele tapándole la cara.

Una fan grita emocionada.

—¡Es Jennifer!

Un oh algodonoso se escucha y aplausos.

Levanto la mirada y ella está ahí de pie, sonriéndome, me echo en el respaldo de la silla. Me pongo una mano en la boca y tiro del labio. El nudo de la garganta se desata y lloro. Joder, estoy llorando frente a cientos de fans. El staff da paso a Jenn y yo observo como rodea la mesa y vine hacia mí, me levanto con las piernas temblorosas y nos abrazamos fuerte, fundiéndonos el uno con el otro, lloro en el hueco de su cuello aspirando su olor y ella me frota la espalda intentando que me calme. No puedo vuelvo a tener a mi princesa entre mis brazos, consigo serenarme, choco mi mirada con la suya, levanto su barbilla con los dedos y la beso, nos besamos rodeados de aplausos, vítores y flashes de las cámaras de los periodistas que ahí se encuentran

—Te amo —me dice con la respiración entrecortada.

Cierro los ojos fuerte deseando que no esté soñando, cuando los abro ella sigue ahí entre mis brazos.

—Te amo —contesto y vuelvo a besarla.

—Bueno, bueno, vamos a seguir con las firmas —nos interrumpe John.

Ella me suelta y yo protesto.

—A firmar —me da un cachete en el culo y me susurra—, no sabes la noche que te espera, —da un ligero gemido en mi oído y se me pone dura.

Dios.

La miro cada dos por tres para cerciorarme que está ahí y que no estoy soñando, habla con Maya y me dedica una sonrisa cada vez que la miro. Esto se me está haciendo eterno. El tiempo no pasa y cada vez la cola se hace más grande, alguna de las lectoras me piden fotos con Jenn, cosa que agradezco y aprovecho para, sin que nadie me vea, meterle mano.

¡Por fin! John nos ha invitado a cenar insistiendo mucho, hemos tenido que aguantarnos las ganas hasta después de cenar. Cuando la cena termina. Nos vamos a mi piso de Knightsbridge.

Entramos corriendo, ha empezado a llover y no llevamos paraguas, el portero quiere recibirnos con uno, pero no le da tiempo, ya estamos dentro, entrando por el vestíbulo a trompicones con sus labios pegados a los míos devorándonos con ganas. Logramos llegar hasta el ascensor y pulso el botón a tientas. Dios Jenn pega sus caderas a mi paquete. La erección que llevo es casi dolorosa.

Subimos.

Cuando las puertas se abren la elevo por el trasero y en la encajo en mi cintura. Me agarra del cabello apretando con fuerza mi boca contra la suya, nuestras lenguas febriles juguetean felices por el reencuentro.

Subimos un par de pisos hasta que el ascensor se detiene. Nos colocamos como niños buenos. Una pareja mayor con su perrito suben.

—¿Bajáis? —preguntan.

—No, subimos —decimos al unísono.

—No pasa nada, ya bajaremos.

Llegamos a mi piso y nos despedimos de la pareja de ancianos cogidos de la mano y corremos hasta la puerta de mi apartamento. Me busco las llaves en los bolsillos con la espalda de Jenn pegada a la puerta y sus labios pegados a mi cuello poniéndome enfermo de deseo. Jenn encuentra mis llaves en el bolsillo. Rebusca juguetona mordiéndose el labio, rozando mi polla que ya empieza a protestar.

Abro con dificultad, tengo la vista borrosa y estoy sudando. Entramos quitándonos la ropa. Me quita la camisa desgarrándola, los botones salen disparados por todas partes, joder.

Le arranco el sujetador y libero sus hermosos pechos a los que me aferro agarrando un pezón con los dientes, grita y suelto; mientras le desabrocho el pantalón, ella hace lo mismo con el mío, me quita el pantalón y el calzoncillo al mismo tiempo y yo le arranco la braguita. Estamos completamente desnudos en mi apartamento de Londres, solos y sedientos de sexo.

La llevo en brazos hasta a mi habitación, doy una patada a la puerta y la tiro en la cama, cae riendo y mirándome con esa mirada felina que me pone cuando está caliente, mordiéndose ese labio…, por Dios, cómo me pone. Le cojo los tobillos, la arrastro, me pongo de rodillas y asalto su sexo sin previo aviso. Ella grita agarrándose a las sabanas y arqueando la espalda, su respiración es entrecortada.

Introduzco la lengua en su vagina y saboreo ese elixir que me regala.

—Uhm, deliciosa —digo y llevo mi lengua al clítoris acariciándolo y haciendo pequeñas succiones que hace que me suplique que la folle, me coge el pelo y tira de él.

—Fóllame, Jason, no puedo más. Quiero sentirte dentro de mí —dice con la voz tomada de deseo, susurrante y jadeando.

Hago lo que me pide sin pensarlo dos veces, yo también anhelo sentirla. Sentir sus caderas chocando contra las mías. Abre las piernas e introduzco un dedo disfrutando del brillo que me dice que está lista y preparada para que la empale; abro sus pliegues con los dedos mientras ella se acaricia el clítoris y un pecho, con la otra mano que me queda libre le agarro el otro pecho y la envisto con fuerza de una sola estocada, bramo como un animal al sentir el calor de su sexo apresando el mío entro y salgo feroz, ella grita, grita mi nombre y me enciendo aun más. Joder, voy a correrme. No, paro y su cuerpo protesta debajo del mío con ligeros espasmos.

—Cabálgame, princesa —digo y ella sonríe y se muerde el labio.
Se sube encima de mí, agarra mi polla y se la coloca en el filo de ese acantilado en el que no dudo en lanzarme una y otra vez aunque me destroce con sus dudas y miedos, me tiro de cabeza las veces que haga falta porque esta mujer me enloquece, me lleva al abismo y me arrastra con ella.

Me entierra en ella lenta y pausadamente. No puedo más, empujo hacia arriba mi cadera cogiendo las suyas, me adentro en ella, sube y baja; el movimiento de sus pechos me trastoca, me incorporo de modo que quedamos sentados y ella encima de mí, la abrazo y me fundo en su cuerpo que me acoge, le doy la vuelta y la pongo en cuatro, ella se agarra a las sabanas y lleva su trasero hacia mí esperando que vuelva a asaltarla y eso hago, agarro su largo cabello largo y la envisto de nuevo agarrándole el pelo, ella lleva hacia atrás la cabeza, jadea y grita mientras la follo por detrás; siento como el clímax acaricia su sexo las paredes de su vagina se contraen —cómo me gusta que haga eso—, cuando el orgasmo se apodera de su cuerpo grita de una forma que yo no tardo en correrme llenándola de mí, sin dejar de empalarla bramo y jadeo, el corazón se me va a salir del pecho, lo noto en la garganta, en la piel.

Jenn cae en la cama bocabajo jadeante y con la respiración entrecortada. Le beso la espalda.

—No vuelvas a dejarme.
Se da la vuelta me mira a los ojos.

—No vuelvas a ocultarme nada.
Le beso y pasamos un buen rato mimándonos, acariciando cada rincón de nuestra piel. Sin darnos cuenta de que ya casi ha amanecido.

Jenn se queda dormida en mi regazo y yo disfruto del momento, tenerla ahí conmigo hace que me sienta bien, relajado, en paz, la he echado tanto de menos que pensé que no sobreviviría, sería como esas tórtolas que cuando les falta su mitad mueren. Yo me iba morir sin esta mujer que dormita en mi pecho.

Un mensaje entra en mi móvil. No me quiero mover. Pero tras ignorar el mensaje el móvil suena despertando a mi princesa.

—No lo vas a coger.

La miro y le doy un beso en la frente, ella se despereza y se tapa con la sabana, hace frío, es septiembre, pero aquí en Londres siempre hace frío.

Mi abuelo me ha mandado un mensaje diciendo que ya está en Londres, pregunta por mí al llegar, no me ha visto.

Le contesto el mensaje y él me contesta con un ¿emoticono de cara feliz? Arrugo la frente y Jenn apoya su cabeza en su mano.

—¿Quién es? —pregunta.

—Mi abuelo, mañana te llevo a conocerlo.

Sonríe y me pide que me vuelva a acostar con ella dando unos toquecitos con la mano en la cama. Acudo raudo dejando mi móvil sobre la mesita de noche.

Vuelve a colocarse en la misma posición, pero antes me mira a los ojos.

—¿Por qué me querías ocultar tu pequeño problema?

Cojo aire.

—Tuve miedo, pensé que si te lo decía me ibas a dejar por inútil.

—Uh, inútil. Cariño, tú eres de todo menos inútil —sonríe y me besa en la mejilla—, no vuelvas a pensar, ¿vale?

—Entonces me volveré tonto y no podré escribir más libros —digo con tono de preocupación, bromeando.

—Qué tonto eres, me refiero a que si te ocurre algo me lo digas sin miedo.

Me giro de modo que nos miramos de frente, pasa su dedo pulgar por mi ojo y luego por mis labios. Nos besamos. Nos quedamos dormidos.

55

Jenn

Estoy agotada, ya perdí la cuenta de cuantas veces hemos hecho el amor, es más del mediodía y vamos camino de Essex a conocer a su abuelo que nos espera con una mulata dominicana que ha conocido y que se ha traído. El abuelo de Jason es de lo más pintoresco, simpático y muy divertido, si no fuera que le gustan jovencitas lo rejuntaba con mi bisa es diez años menor pero eso qué importa, los dos tienen una vitalidad abrumadora. La mulata no entiende ni papa de inglés. Como soy la única que habla y entiende español le hago de traductora. Eso me hace ganar puntos frente a mi futuro abuelo.

—Ah, mira, con idiomas y todo…

—Sí y fue militar —alardea Jason mientras nos tomamos un vermut antes de la cena en el jardín del castillo y no exagero, es un castillo. Estamos resguardados por un toldo. La mulata no le quita el ojo de encima a Jason cuando cree que nadie la ve.

Será fresca…

—¡No me digas! ¿De aire, tierra…? —exclama y pregunta sorprendido.

—Tierra, pero hace mucho que lo dejé, cuando me quedé embarazada de mi hijo.

—Ask, ¿verdad?

—Sí.

—Estoy deseando conocerlo.

—Y ahí fue donde decidiste que te harías repostera.

—Sí, siempre me gustó hacer dulces, desde muy pequeña, y de algo tenía que vivir y mantener a mi bebé.

—Por supuesto, además, al parecer, eso te viene de familia, ya me ha contado Jeffrey, no veas lo contenta que se hubiese puesto mi difunta bruja.

—¡Abuelo!

—Era una bruja, Jason, para nadie era un secreto y lo sabes. Pues eso, que se hubiese alegrado de que, aunque bastarda, la sangre de la casa real emparentara con nosotros era una bendición para ella.

—A mí eso no me importa —digo.

—Ni a mí, pero tu suegro está empeñado; la difunta abuela bruja de este, lo presionaba mucho con toda esa parafernalia de las casas reales, incluso antes de morir, la muy puta…

—¡Abuelo!, por Dios —reprende Jason.

—…La muy señora bruja; le dijo que si no casaba al único hijo varón que le quedaba entero con una niña de cuna, se revolvería en su tumba.

—Creo que exageras, abuelo.

—Jason, sus últimas palabras fueron: No me decepciones Jeffrey y casa a Jason con una mujer de alta cuna o me revolveré en mi tumba y no descansaras en paz en tu vida. Te lo juro por esta tonta que mañana mismo pongo en un avión directa a su pueblo —dice y la mulata sonríe sin saber que mañana se va de vuelta a Santo Domingo.

El mayordomo nos avisa que la cena está lista. El abuelo es mucho, menudo hombre. Después de la cena Jason me hace una visita guiada por el castillo contándome toda la historia de su familia, me lleva al cuarto de armas donde están expuestas todas las armaduras que vistieron sus antepasados. Terminamos haciendo el amor entre espadas y escudos con tal mala pata que, sin querer, tiro una de las relucientes armaduras.

—¿A ver quién va a montar eso ahora? —pregunta Jason, riéndose.

—Habrá un libro de instrucciones, supongo —contesto.

—Pues como sea como los muebles de Ikea, vamos apañados.

Pasamos unos días con el abuelo en el castillo. Una mañana, cuando me despierto, oigo la voz de mi hijo. Me doy la vuelta, creo que nunca había estado tan lejos de Ask. Jason está durmiendo, aunque también se alerta al escuchar la voz de Ask y se despierta.

—¿Esa es la voz de Ask? —pregunta.

Afinamos el oído y entonces nos levantamos de la cama corriendo, descorremos las cortinas y ahí está toda mi prole: Mary, Mikel y Christian incluidos. Nos vestimos apurados, yo me pongo la bata y Jason el pijama que está tirado en el suelo con su bata de raso.

Qué elegante y qué bueno está, y todo eso es para mí.

—¿Qué hacéis aquí? —digo bajando la escalera.

—No sé si te acuerdas, pero mañana te casas —dice mi hermana seguida de Dakota, Georgia y Barbs, mi madre, que está llorando, sujetando algo que parece ser la funda de un traje.

—¡Mami! —exclama Ask, contento al verme; corriendo hacia mí, me abraza y me besa. Lo cojo en brazos, pero en cuanto ve a Jason se lanza a los suyos.

—Ey, campeón, ¿cómo estás?

—¡Feliz! —exclama.

Y todos le sonríen. Mi bisa entra ayudada de su andador y de mi padre.

—Hola, papá —le doy un beso y abrazo a mi bisa.

Me volteo a mi madre.

—Mamá, ¿qué llevas ahí? —pregunto.

—Tu traje, cariño —dice moqueando.

—¿Estás bien? —le pongo una mano en el hombro y ella le lanza la funda del vestido a mi padre.

—Emocionada, hija, emocionada. No todos los días una hija mía se casa con un duque… —dice abrazándome y dándome besos por toda la cara.

—Wilfred, lleve a los invitados a sus habitaciones y prepare al servicio para recibir instrucciones. Mañana aquí va a haber una boda y no tenemos tiempo —ordena Jeffrey dando su abrigo al eficiente mayordomo que asiente complaciente.

—Milord —dice doblando el abrigo y colgándoselo en el antebrazo, una doncella le coge a mi suegro el maletín que lleva.

Georgia, detrás de él, niega con la cabeza poniendo los ojos en blanco y quitándose ella misma el abrigo, otra doncella se acerca apresurada a su posición.

—Milady —dice cogiéndole el abrigo.

—Georgia —dice mi suegra.

La sirvienta se ruboriza y baja la cara. A mi suegra no le gusta que le traten de usted.

Jeffrey se gira a mirar a su esposa fulminándola y esta le saca la

222

lengua disimuladamente y él sonríe, pensado que nadie le ve. Son adorables.

Jason está tan o más sorprendido que yo.

—Y Wilfred…, la vajilla buena, su majestad será una de los invitados a la boda —anuncia.

Espera… ¿qué?

CONTINUARÁ…

Las princesas también pierden purpurina
Así empieza la continuación de…
Un príncipe que no destiñe.
«Que me digan que su Majestad la reina de Inglaterra va a acudir a mi boda no me pone nerviosa, no, me pone histérica, mis niveles de ansiedad se disparan sin remedio alguno. Miró a mi gente: a Georgia, que tiene la misma cara de horror que yo y con los ojos me pide tranquilidad, que no encuentro ni siquiera en Jason que, literalmente, tiembla.»

Agradecimientos

No puedo irme antes sin agradecerte a ti lector que hayas elegido
Un príncipe azul que no destiñe, esperando que hayas disfrutado
de la historia tanto como yo al escribirla y que te hayas emocionado
con ella. Agradecer también a las chicas del Club tinta y letras por
su apoyo incondicional a la hora de publicar esta obra. A mi lectora
cero Cristina, que pronto sacara su primer libro; deseando leerlo
estoy, por haber cogido un ratito de tu tiempo para leerlo y darme
tu opinión y ayudarme tanto en el proceso. A mi correctora, gracias por la paciencia y ser una persona tan bonita y comprensiva.
Agradecer como no a mi familia por su apoyo y comprensión, sin
su amor ni hubiese podido seguir adelante con mi sueño. Gracias,
muchas gracias a todos.